TREGUA MATRIMONIAL

Sara Craven

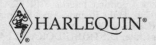

HARLEQUIN®

Editado por HARLEQUIN IBÉRICA, S.A.
Hermosilla, 21
28001 Madrid

I.S.B.N.: 84-671-0863-0
Depósito legal: B-28400-2003
Editor responsable: M. T. Villar
Diseño cubierta: María J. Velasco Juez
Composición: M.T., S.L.
Avda. Filipinas, 48. 28003 Madrid
Fotomecánica: PREIMPRESIÓN 2000
c/. Matilde Hernández, 34. 28019 Madrid
Impresión y encuadernación: LITOGRAFÍA ROSÉS, S.A.
c/. Energía, 11. 08850 Gavá (Barcelona)
Fecha impresion para Argentina:11.6.04
Distribuidor exclusivo para España: LOGISTA
Distribuidor para México: CODIPLYRSA
Distribuidores para Argentina: interior, BERTRAN, S.A.C. Vélez
Sársfield, 1950. Cap. Fed./ Buenos Aires y Gran Buenos Aires,
VACCARO SÁNCHEZ y Cía, S.A.
Distribuidor para Chile: DISTRIBUIDORA ALFA, S.A.

Capítulo 1

QUIERES decir que Ross está en el pueblo? ¿Que ha venido y no me has avisado? –Jenna Lang estaba pálida y los ojos le echaban chispas–. Tía Grace... ¿cómo has podido...?

–Porque no estuvimos seguros hasta hace un par de días –el amable rostro de la señora Penloe mostraba unas arrugas de preocupación –. Yo pensé... esperé... que sólo fuera un cotilleo del pueblo y que Betty Fox lo hubiera entendido todo mal. No habría sido la primera vez... –sacudió la cabeza–. Nunca se me habría ocurrido pensar que Thirza pudiera ser tan insensible.

–La madrastra de Ross está ciega. Para ella, él no puede hacer ningún mal –la voz de Jenna destilaba amargura–. Ella me culpó de la ruptura de nuestro matrimonio. No puedo creérmelo.

–Supongo que le debe lealtad –justificó la señora Penloe en un intento de ser ecuánime–. Al fin y al cabo, Ross tenía siete años cuando ella se casó con su padre; otro con demasiado atractivo... –añadió severamente–. Seguro que eso crea unos lazos. Aunque no sea excusa para lo que ha hecho.

–En cualquier caso, ¿qué hace Thirza en Polcarrow? Yo creía que iba a pasar todo el año en Australia.

–Hace demasiado calor y hay demasiados insectos –contestó su tía poco convencida–. Al menos eso dice. Le impiden inspirarse. Volvió hace unas tres semanas.

–En el momento adecuado –Jenna dejó escapar una risa forzada–. Siempre sabe elegir el mejor momento.

–Ella asegura que no tuvo alternativa –la señora Penloe dudó–. Al parecer, Ross ha estado bastante enfermo; pilló un virus espantoso en el último viaje. Cuando le dieron de alta en el hospital, necesitaba un sitio donde descansar –suspiró–. Conociendo a Thirza, no creo que diera mayor importancia a la boda de Christy ni a tu papel en ella.

–No –replicó cáusticamente Jenna–. Soy yo quien tendría que reconsiderarlo seriamente.

–Jenna, querida... no irás a marcharte... no irás a volver a Londres.... Christy se moriría y todo es culpa mía. Sé que tendría que haber dicho algo. Supongo que esperaba que todo... desaparecería sin más.

–O que yo no me enteraría –puntualizó irónicamente Jenna–. Lo cual es muy improbable porque es casi seguro que lo lleve a la boda.

–Oh, Jenna... ni si quiera Thirza...

Jenna se encogió de hombros.

–¿Por qué no? Es capaz de cualquier cosa y supongo que está invitada...

–Bueno, sí, pero nunca pensamos que vendría.–la señora se pasó los dedos por los rizos que empezaban a mostrar canas–. ¡Qué lío! ¿Por qué no se habrá casado Christy en junio? Para entonces, Ross estaría lejos y el tiempo habría sido mejor –añadió momentáneamente distraída por las amenazadoras nubes que se veían a través de las ventanas de la sala–. Claro, que eso no tiene importancia si se compara con la actitud tan absolutamente irritante de Thirza. Seguro que podría haber encontrado un sitio donde lo cuidaran, y que no me cuente que Ross no puede permitírselo porque gana un dineral y seguramente tenga el mejor seguro médico que haya en el mercado.

–Quizá no sea demasiado tarde –dijo Jenna lentamente–. ¿Crees que el tío Henry podría hablar con ella y convencerla?

–Querida, eso es lo primero que pensé. Dijo que

Thirza sería su prima, pero que siempre había campado por sus respetos –resopló–. También dijo que ya tenía bastante con la factura de la boda, que Ross y tú lleváis divorciados dos años y que ya deberíais haberlo superado –se detuvo un instante y miró otra vez a su sobrina–. Creo que tiene cierta razón.

–Estoy segura de que tiene razón, pero, desgraciadamente, no lo he conseguido. No se trata sólo del divorcio... –se calló y se mordió el labio.

–Lo sé, querida, lo sé –la señora Penloe sacó un pañuelo y se sonó la nariz–. Fue demasiado triste y nadie espera que lo olvides...

–Ni que lo perdone –el tono era implacable. Se levantó y fue por la chaqueta de ante–. Voy a dar un paseo, tía Grace. Tengo que pensar y me vendrá bien un poco de aire fresco.

–¿Aire fresco? Hay un temporal.

Jenna salió de la habitación y al cabo de unos segundos la señora Penloe oyó que se cerraba la puerta principal.

Se hundió en los almohadones del sofá y se permitió un leve sollozo. Comprendía perfectamente a Jenna, pero su querida hija iba a casarse dentro de tres días y podía encontrarse con que tendría que recorrer el pasillo de la iglesia sin que la siguiera su única prima.

Grace Penloe no era una mujer violenta, pero sentía que, si hubiera podido agarrar de la garganta a Thirza Grantham, seguramente la habría estrangulado.

Entretanto, Jenna paseaba por el jardín con el rostro serio y pálido y la mirada perdida en el infinito.

Ese año, la primavera había llegado suavemente a Cornualles para más tarde, de improviso y perversamente, volver al invierno con chaparrones, granizadas y vendavales que batían el mar con toda su furia contra la costa.

Los Penloe, que construyeron Trevarne House en un promontorio que entraba en el Atlántico, habían levantado unos grandes muros para proteger su terreno de los vientos dominantes, pero Jenna había preferido no buscar su refugio.

Al contrario, tras un breve forcejeo con el pestillo de la verja de hierro que había al fondo del jardín, se encaminó hacia al promontorio.

Al volverse para cerrar la verja, el viento le deshizo el moño de cabello castaño.

Estaba sola. Las nubes y el azote del viento habían disuadido a las demás personas, pero para Jenna esa desolación era un reflejo de su estado de ánimo.

Mucho antes de llegar al pequeño mirador, ya notaba en el rostro las gélidas gotas de agua que le llegaban del mar. Se detuvo para tomar aliento.

Decidió no acercarse más al borde. No estaba preparada para enfrentarse a las imprevisibles ráfagas de viento que podían arrastrarla contra las rocas y el embravecido mar que rompía abajo.

Podía estar trastornada, sin duda, estaba enfadada, pero también estaba completamente segura de que no era una suicida.

Se agarró al respaldo del banco que estaba fijado al mirador y miró el impresionante espectáculo que tenía delante.

El mar, de un color verde hierba con pinceladas añil, se precipitaba sobre el promontorio de granito con una furia animal. Podía oír sus rugidos y silbidos mientras ascendía por el brazo de mar que separaba Trevarne de los acantilados de Polcarrow y cómo se retiraba impotente.

Levantó la cabeza para mirar a las aves marinas que planeaban y se zambullían en las olas.

Llevadas por el destino, se dijo irónicamente, como ella misma.

No lo había previsto, aunque tampoco podía decir que no le hubieran avisado.

–¿Estás segura de que es lo que quieres? –le había preguntado Natasha, su socia, con el ceño fruncido por la preocupación–. ¿No te parece que es una provocación?

Ella se había encogido de hombros.

–Hace años, Christy y yo nos prometimos que seríamos damas de honor de nuestras respectivas bodas. Ella cumplió su parte de la promesa. Ahora me toca a mí y no puedo dejarla en la estacada –se detuvo un instante–. Ni tampoco quiero hacerlo.

Natasha la había mirado con el gesto torcido.

–¿Ni siquiera cuando es la misma iglesia en la que te casaste? Te traerá muchos recuerdos...

Ella se había mordido el labio.

–Es una iglesia muy antigua –contestó tranquilamente–. Seguro que se han celebrado muchos matrimonios felices, de modo que también tendrá buenas vibraciones.

–De acuerdo, es una decisión tuya, pero recuerda que te ayudé a recomponer los pedazos de tu corazón destrozado y no quiero que vuelvas al punto de partida por una boda familiar.

–Todo forma parte del pasado, te lo prometo. Ahora sólo me preocupa el presente y el futuro.

Unas palabras muy valientes, se dijo con la mirada perdida en el horizonte gris. Podría haberlas cumplido si Ross no hubiera vuelto.

Todavía no podía creerse el dolor que la había atenazado, que la había desgarrado, cuando se enteró de su regreso, ni lo fácilmente que se había desmoronado la coraza de seguridad y dominio de sí misma que había construido con tanto cuidado.

Siempre había sabido que algún día volvería a encontrarse con su ex marido, pero había esperado con toda su alma que el encuentro se produjera mucho más tarde, cuando ella quizá hubiera conseguido asimilar la traición.

Sin embargo, al parecer, iba a ocurrir allí y en aquel momento; en aquella remota península de Cornualles que ella siempre había considerado su refugio personal.

Había llegado a Trevarne House cuando era una niña de diez años asustada por la muerte de su madre. Sus tíos se habían ocupado de ella y habían permitido que su padre, para mitigar su dolor, abandonara el trabajo de oficina que odiaba y recorriera el mundo como negociador de la empresa petrolera para la que trabajaba.

Allí, en la tierra de su madre, había echado raíces en la encantadora y tranquila casa de los Penloe, y Christy y ella, entonces unas niñas, habían encontrado cada una en la otra a la hermana que siempre quisieron.

Cuando un par de años más tarde su padre murió en un accidente de coche, la familia la adoptó sin distinciones como a una hija más.

A pesar de todo y a pesar de la promesa de infancia, lo meditó mucho antes de aceptar la invitación a la boda de Christy. Al final, la idea de que Thirza Grantham estuviera en el otro lado del mundo hizo que se decidiera.

El paradero de Ross era motivo de conjeturas para todo el mundo, pero ella había conseguido mantenerse al margen de todos los retazos de información que se filtraban. Naturalmente, había comprendido que era imposible arrancarlo completamente de su existencia y olvidar que había existido. Además, estaba presente en todos lados. Las fotos que mandaba a su agencia desde cualquier punto conflictivo del mundo seguían proporcionándole premios con una regularidad implacable.

–No puede ser una guerra verdadera –había bromeado alguien–. Ross Grantham no está allí todavía.

No, su figura era demasiado pública como para que ella pudiera llevar a cabo una amnesia selectiva y tenía que resignarse a vivir con ello.

Era raro, pensó, que no se lo hubiera encontrado en Londres. Una docena de veces había tenido la sensación de que lo había vislumbrado entre el bullicio de una calle o un restaurante y el pánico se había adueñado de sus entrañas hasta que se daba cuenta, demasiado tarde, de que huía aterrada de un completo desconocido.

¿Acaso no era eso lo que había sido siempre Ross?, se preguntó con cierta ironía amarga. Un desconocido encantador que le susurraba palabras de amor, que se acostaba con ella, que durante un par de semanas gloriosas le había ofrecido la esperanza de ser madre para luego tener una aventura pasajera mientras ella se recuperaba del trauma de la pérdida.

Se clavó los dientes en el labio inferior hasta que notó el sabor de la sangre. En ese momento, eso era un terreno vedado para ella y no entraría allí.

Se había convencido de que Polcarrow sería un lugar suficientemente seguro si Thirza estaba lejos, y que Ross no aparecería mientras su madrastra no estuviera allí, y no lo había hecho desde el divorcio.

Sin embargo, Thirza había vuelto, de improviso, como siempre... y su vida volvía a ser un torbellino de confusión y miedo.

Aunque no había ningún motivo para que temiera ningún enfrentamiento, se dijo desafiantemente. Al fin y al cabo, ella no había sido la culpable del hundimiento de su breve y desventurado matrimonio. Ross había sido el culpable, el embustero, el traidor.

Él, se dijo con una firmeza repentina, era quien tendría que temer enfrentarse con ella.

Quizá fuera así. Quizá también estuviera alterado por saber que ella estaba cerca. Quizá estuviera igual de reticente a que se produjera ese encuentro. Un encuentro que se produciría antes o después, porque Polcarrow era un lugar demasiado pequeño como para evitarse el uno al otro.

Sin embargo, la tía Grace había dicho que estaba enfermo. Quizá estuviera demasiado enfermo como para salir de la casa de Thirza.

Jenna sacudió la cabeza con un gesto casi burlón. No, se dijo. Eso no ocurriría. Era imposible imaginarse a Ross enfermo. Era imposible imaginarse que ese cuerpo fuerte y ágil fuera vulnerable y que repentinamente tomara conciencia de su carácter humano. Era imposible que él tuviera que reconocer su debilidad cuando ni siquiera conocía el significado de esa palabra; cuando despreciaba a las personas que se dejaban llevar por las emociones, fuera cual fuese el motivo.

Tampoco era concebible que fingiera estar enfermo para esquivar un encuentro.

Ross, pensó con una mueca, siempre había pecado de una franqueza brutal, como ella había podido comprobar. Nada de mentiras piadosas ni coartadas. Sencillamente la verdad sin tapujos, al precio que fuera.

Ella debería haberse dado cuenta, se dijo. Debería haberse dado cuenta de que una vez que hubiera desaparecido la capa de encanto, inteligencia y carisma sexual, se encontraría con un corazón de hielo.

Lo sospechó hacía años cuando lo conoció. ¿Cómo era posible que hubiera sido más perceptiva de niña que de mujer?

La verdad era que sabía la respuesta. De niña no estaba ofuscada por las artimañas del amor y por el embrujo del deseo sexual. Aun así...

Ella tenía trece años cuando Thirza enviudó y volvió para vivir en el pueblo. Unos meses más tarde, su hijastro Ross la visitó por primera vez. Él tenía veintiún años y ya se había embarcado en su brillante carrera como fotógrafo de prensa.

Era un joven alto, reservado, bronceado, con pelo negro y unos ojos oscuros como una noche sin luna e igual de impenetrables. No era de una belleza convencional. La nariz era recta, pero un poco larga y los párpados demasiado pesados, sin embargo, los pómulos altos y firmes y la boca carnosa estaban maravillosamente cincelados y, cuando le sonrió, ella notó que el corazón le daba un vuelco.

—Parece un ángel caído —le había comentado la tía Grace con una mueca en los labios—. Un problema de pies a cabeza.

Sin embargo, Christy y ella no lo habían considerado un problema en absoluto. Desde el primer momento se quedaron boquiabiertas al verlo, se habían rendido al aura de confianza y sofisticación que lo rodeaba. Se habían quedado embelesadas ante esa respuesta a todos su sueños de adolescentes y, además, era una especie de primo lejano. No podían creerse que durante todo ese tiempo apenas hubieran sabido que existía, pero hasta la propia Thirza era poco más que un nombre para ellas.

Sin embargo, él no mostró el mismo interés. Las saludó con una educación fría que se acercaba a la indiferencia y durante el resto de su estancia pareció olvidarse de que ellas existían.

A pesar del tiempo transcurrido y de las cosas que habían pasado, todavía notaba una punzada de dolor al recordar lo lejos que habían llegado para intentar captar su atención.

Christy, que había estado leyendo *Emma* de Jane Austen, se había lamentado de que sus zapatos no tuvieran cordones y no poder propiciar un encuentro con él al atárselos delante de la casa de Thirza.

Ella había llegado a pensar en adiestrar a uno de los mansos caballos del establo de pueblo para que la tirara un día cuando se cruzara con Ross y que de esa forma él no tuviera más remedio que socorrerla.

Sin embargo, Ross se fue antes de que pudiera poner en práctica ese plan tan temerario. Había ido a Trevarne House para despedirse, pero ellas estaban de compras y no pudieron hablar con él. Él tampoco dejó un mensaje para ellas.

—Imbécil —había dicho Christy congestionada por la indignación—. ¡Perfecto, que se vaya con viento fresco!

Ella no había dicho nada, tan sólo se había dado cuenta de que notaba una extraña mezcla de sensaciones en el estómago. La decepción casi desesperante por su repentina marcha se había debatido con una extraña sensación de alivio por la desaparición de aquella presencia perturbadora, lo que le permitiría recuperar el plácido sendero de su vida.

Sin embargo, visto desde la distancia, se daba cuenta de que aquello no había ocurrido nunca. Ross había permanecido como una sombra en una esquina de su mente y nunca lo había desterrado del todo, aunque hubieran pasado siete años hasta que volvió a verlo en Londres.

Naturalmente, durante todo aquel tiempo él había ido a Cornualles. Había visitado regularmente a Thirza. Nunca lo había hecho solo y rara era la vez que llevaba a la misma chica, lo que provocó todo tipo de rumores en el pueblo. Sin embargo, aquellas visitas se daban siempre cuando Christy y ella estaban fuera, primero en el colegio y más tarde en la universidad.

Ella había sospechado que lo había hecho deliberadamente por el ridículo que ellas habían hecho la primera vez, pero Ross había insistido siempre en que había sido una mera coincidencia.

Ella le había creído, e igualmente se había convencido de que alguien a quien le gustaba coquetear con todas las mujeres podía ser fiel y dedicarse a una sola.

Ross había conseguido hacerle creer que durante todo aquel tiempo había estado esperando a que la mujer adecuada apareciera en su vida y que ella era aquella mujer.

También había llegado a creer que Ross podría dominar su pasión viajera, su necesidad de estar donde hubiera acción, que podría adaptarse a un trabajo en un despacho para dirigir la agencia, aunque ella contaba con el ejemplo de su padre para saber lo poco probable que eso era. Quizá si su padre hubiera vivido le habría advertido de lo difícil que hacer que un hombre que amaba el tipo de libertad que amaba Ross sentara la cabeza.

Sus tíos se habían preocupado por otras cuestiones cuando les dio la noticia.

—¿Estás segura de que es un hombre indicado para ti, cariño? —la señora Penloe frunció la frente—. ¿No será una prolongación de aquel tonto enamoriscamiento que tuviste?

–No me lo recuerdes... –ella sintió un escalofrío y se ruborizó ligeramente–. Es algo completamente distinto. Lo supe... en cuanto volví a verlo. Era el mismo Ross, como si nos hubiéramos estado esperando el uno al otro.

Su tía había fruncido los labios pensativamente mientras intercambiaba una mirada con su marido. Ellos habían disfrutado de un matrimonio feliz y tranquilo sobre la base del afecto, el respeto y los intereses comunes y Grace Penloe creía firmemente que aquel era el fundamento para una relación sólida.

–Bueno, suena muy romántico –dijo por fin su tía–, pero tengo que decirte, Jenna, querida, que el matrimonio de Thirza con Gerald Grantham fue inestable, por decirlo suavemente.

Ella había asentido con la cabeza.

–Ross me lo ha contado. Por eso ha esperado hasta sentar la cabeza. No quería que a él le pasara lo mismo. Tenía que estar seguro –empezó a hablar más deprisa–. Ahora nos hemos encontrado y estamos...

Su tía parecía haber querido decir algo más, pero el brillo de felicidad que se reflejaba en los ojos color avellana de su sobrina se lo impedía, así que suspiró ruidosamente y no dijo nada.

Una buena lección, pensó mientras se mordía el labio inferior al recordar la conversación. No debería pensar que ella lo sabía todo y haría mejor en escuchar lo que le decía la gente que la quería; como el tío Henry, la tía Grace y Christy. Y Natasha, naturalmente, quien había tenido sus reservas desde el principio. Quizá a Natasha a la que más porque le debía mucho.

Se conocieron por el trabajo. Al terminar los estudios de arte, Jenna encontró trabajo en una galería de arte de Londres donde trabajaba Natasha. Era algo mayor que Jenna, alta y llamativa y con la melena negra escrupulosamente apartada de la cara. Al principio, a Jenna le había parecido francamente gélida y no le gustó, pero con el tiempo el hielo se rompió y se hicieron amigas. Hasta el punto que, descontentas con sus pisos compartidos, se fueron a vivir juntas.

Había sido una galería que iba muy bien. El propietario, Raymond Haville, había tenido muy buen ojo para descubrir talentos y un buen sentido comercial, pero estaba cerca de la jubilación y la indolencia hacía que prefiriera que sus ayudantes se ocuparan de los asuntos cotidianos. En muchos aspectos, había sido un bautismo de fuego para Jenna, pero enseguida ganó confianza y disfrutó con la empresa.

–Formamos un buen equipo –le dijo exultantemente una vez a Natasha, quien movió pensativamente la cabeza.

–Algo que quizá deberíamos tener presente para el futuro –replicó.

Poco después, Ross volvió a presentarse en la vida de Jenna y fue como si su futuro fuera real y hubiera olvidado lo demás.

Hasta que su nuevo mundo se derrumbó a su alrededor y entonces, de improviso, apareció Natasha, fuerte y alentadora, para ofrecerle una esperanza nueva.

Raymond Haville había tirado definitivamente la toalla, le había contado Natasha, y el abuelo de ella había muerto, dejándole una tienda de antigüedades que estaba de capa caída pero que estaba en un sitio muy bueno.

–¿Por qué no nos lanzamos? –le animó–. Podemos juntar nuestros ahorros y abrir una galería propia. Raymond nos dejará utilizar sus contactos y sabemos más que él del aspecto administrativo.

Al principio, ella se había mostrado reticente, no estaba segura de que pudiera soportar tantas agitaciones con las fuerzas que tenía en aquel momento, pero Natasha había insistido.

–Creo que es exactamente lo que necesitas –le dijo–. Algo que te distraiga de todo lo demás. Sé que todavía tienes que lamentarte, pero no tendrás tiempo para la melancolía. Vamos a dar una oportunidad a nuestro equipo.

Así fue cómo casi sin darse cuenta se había encontrado de socia de una pequeña galería, que vendía pintura, cerámica y escultura. Así fue como descubrió el triunfo.

Ross se había marchado de la casa que habían compartido y había renunciado a cualquier derecho sobre ella, de modo que la había vendido. Le resultaba imposible vivir sola allí obsesionada por los fantasmas de la felicidad. Se había comprado un sitio más pequeño y el resto lo había invertido en la galería para tener una participación igual que la de Natasha.

Dos años después tenía una casa y una profesión y estaba enormemente agradecida por las dos cosas. Su vida era plena en el aspecto profesional. En el aspecto social, también se mantenía ocupada. Iba al cine y al teatro con Natasha y otros amigos y, a medida que aumentaba el círculo de conocidos, empezó a ir a fiestas y cenas. Sonreía y charlaba con los hombres que habían invitado para acompañarla y, ante la ansiosa mirada de sus anfitriones, declinaba educadamente las inevitables propuestas que llegaban a continuación.

Estaba segura de que llegaría un momento en el que también necesitaría tener una vida personal plena, pero ese momento no había llegado todavía. El celibato le parecía una alternativa más segura.

Sin embargo, en ese preciso momento tenía que tomar otra decisión. ¿Debía quedarse o marcharse? Su instinto más primario le decía que debía salir corriendo a toda velocidad.

Sin embargo, la razón le aconsejaba prudencia. Quizá ese encuentro tan temido consiguiera que por fin pasara esa página definitivamente y que le proporcionara un punto final para una relación que nunca debería haber existido.

Además, había otros factores a tener en cuenta. Entre ellos, y no el menos importante, la decepción de Christy por quedarse sin su dama de honor. Otro factor importante era que con toda seguridad Ross esperaría que ella se esfumara y se fuera a Londres, que huyera como una cobarde. ¿Por qué iba a darle el placer de ser tan predecible?

Al fin y al cabo, sólo quedaban tres días para la boda y luego podría volver tranquilamente a Londres, aunque sabía que sus tíos esperaban que se quedara algunos días más.

Podía sobrevivir tres días, se dijo.

—Jenna.

Oyó su nombre por encima del bramido del mar y los aullidos del viento.

Se quedó inmóvil un instante mientras se decía con espanto que lo que había oído no era posible, que era un producto de su imaginación por haberse permitido pensar en Ross, por haber conjurado recuerdos que era preferible desechar.

—Jenna.

Volvió a oírlo y supo que no podía ser un error. Había llegado el momento que tanto había temido.

Nadie decía su nombre con esa entonación, con la primera sílaba más suave y con un énfasis especial.

Hubo un tiempo en el que sus huesos se habrían derretido sólo de oírlo, como si notara la caricia de su mano y el roce de sus labios sobre la piel desnuda.

Esa vez le pareció como si tuviera una piedra en la boca del estómago. Se agarró con fuerza al respaldo del banco y le pareció que el rugido del mar era como un leve maullido comparado con el tronar de los latidos de su corazón. Se dio la vuelta lentamente.

Jenna, atónita, comprobó que Ross estaba a pocos metros de ella. ¿Cómo era posible que no hubiera notado, percibido, su cercanía? Su radar emocional debía de estar viciado por las falsas alarmas del pasado.

Cerró los puños y los metió en los bolsillos de la chaqueta para intentar mantener la compostura. Pensó que era mejor no mostrar el temblor de las manos e hizo un esfuerzo por mirarlo a los ojos. Aunque no le resultó fácil.

Él la miró lentamente de arriba abajo con las cejas ligeramente fruncidas.

Ella sabía perfectamente lo que él veía. La chaqueta de ante marrón cubría un jersey rojizo. Llevaba un fular de seda anudado al cuello, unas botas hasta la rodilla y una falda corta de tweed.

Un aspecto que indicaba triunfo, incluso una buena situación económica; informal pero segura de sí misma. Y ella necesitaba toda la seguridad que pudiera conseguir.

Él iba vestido de negro. Llevaba unos pantalones ajustados que realzaban la longitud de las piernas, un jersey de cuello alto y una chaqueta de cuero.

¿Sería un luto tardío? Se preguntó con amargura mientras la piedra del estómago la torturaba lentamente.

—Estás más delgada —comentó Ross bruscamente.

Jenna pensó que era muy típico de él y casi dejó escapar una carcajada. Ross no era de los que se andaban con formalidades ni halagos. No rompía el hielo entre dos personas que se habían separado en muy malos términos y no habían vuelto a verse.

De acuerdo, si quería plantearlo de esa forma...

Jenna se encogió de hombros.

—Entonces, iré con la moda —lo dijo con un tono frío que se acercaba a la indiferencia.

Ross sonrió con ese gesto irónico que ella conocía tan bien.

—¿Desde cuándo te preocupas por esas cosas?

—A lo mejor he cambiado —contestó ella—. Suele pasar.

Ross sacudió lentamente la cabeza sin apartar los ojos de los de ella.

—No has cambiado tanto. Si no, ¿cómo iba a haber sabido dónde encontrarte? —señaló al mar—. Este ha sido siempre tu sitio favorito.

—¿Has venido... a buscarme? —no pudo evitar un tono de incredulidad, pero soltó una leve risa para disimularlo—. Yo creía que había sido una terrible coincidencia.

–He pensado que quizá... tuviéramos que hablar un poco.

–La verdad es que no creo que haya mucho de qué hablar –replicó irónicamente–. Hace tiempo que nuestros abogados dijeron todo lo que había que decir.

–Sin embargo, ellos no están aquí –dijo Ross delicadamente–, pero nosotros sí y eso es un problema.

–¿Hay algún problema? No sabía...

Ross suspiró.

–Jenna... ¿Quieres jugar al ratón y al gato o hablar con sensatez? –Ross hizo una pausa y continuó al comprobar que ella no contestaba–. ¿Por lo menos estaremos de acuerdo en que es una situación que ninguno de los dos habría elegido?

–Es evidente que tu madrastra no piensa lo mismo.

–Thirza es una mujer amable, pero, a veces, su amabilidad la lleva en una dirección imprevisible –se encogió de hombros–. ¿Qué puedo decir? –volvió a callarse un instante–. Por favor, créeme si te digo que no le pareció conveniente decirme que Christy iba a casarse y que tú irías a la boda. Si lo hubiera hecho, yo no estaría aquí.

–Vaya. A mí tampoco me habían dicho nada de ti. Es como si nos hubieran gastado una inocentada.

–Creo que si no tenemos cuidado, podríamos llegar a parecer algo peor que unos inocentes. Así que si estás pensando en largarte a Londres, te recomiendo que lo olvides.

Jenna carraspeó.

–Te recuerdo que ya no tienes derecho a decir lo que tengo que hacer.

–Y yo te recuerdo que, en cualquier caso, nunca he ejercido ese derecho –objetó Ross con delicadeza.

Jenna se mordió el labio

–¿Te das cuenta de que, si nos quedamos, las cotillas del pueblo van a pasarlo en grande?

–Se lo pasarán mejor si nos vamos –objetó Ross.

–¿Por qué?

–Porque decidirán que eso quiere decir que todavía queda algo entre nosotros... y no es el caso.

–Por lo menos, en eso estamos de acuerdo.

–Perfecto. Vamos avanzando –Ross hizo una pausa–. Por desgracia, sería igual de perjudicial fingir que el otro no existe... por el mismo motivo.

–Ya... –concedió Jenna lentamente y a regañadientes–. Supongo que tienes razón.

–Por eso propongo que mientras duren las celebraciones de la boda mantengamos una actitud civilizada –lo dijo vigorosamente–. No lo digo por mí, naturalmente, ni siquiera por ti, sino por Christy. No quiero que su gran día se estropee porque nosotros hagamos el ridículo, ni porque seamos el objeto de las conjeturas de todo el pueblo –añadió inflexiblemente–. Estoy seguro de que tú también compartes esta opinión.

–Haces que parezca muy juicioso –dijo Jenna con cierta mordacidad.

–Muy bien –replicó Ross con el mismo tono–. Entonces, vete a Londres. Permite que piensen que todavía sientes algo que te impide estar cerca de mí, incluso en público.

–Empiezas a resultar verdaderamente ridículo –le espetó Jenna con frialdad–. La verdad es que ya había decidido quedarme, pero tengo que reconocer que esperaba que tuvieras la decencia de mantenerte al margen

–La decencia nunca ha sido una de mis virtudes y supongo que Thirza ya habrá dicho a los Penloe que yo la acompañaré a la boda. De modo que me parece que vamos a tener que poner al mal tiempo buena cara.

–¿Ateniéndonos a los formalismos?

–Haciendo lo que haya que hacer –volvió a hacer una pausa y ella percibió con intranquilidad la intensidad de la mirada–. ¿Podemos respirar hondo y declarar una tregua... mientras dure la boda?

–Me parece que no hay otra alternativa.

–¿Nos estrechamos la mano?

Ross se dirigió hacia ella; Jenna no podía retroceder porque se lo impedía el maldito banco. No pudo evitar tenerlo a su lado.

Ross alargó la mano con una mirada hipnotizadora. En ese momento, una ráfaga de viento agitó la melena de Jenna y la llevó sobre la cara de él.

Ross dio un paso atrás mientras intentaba librarse desesperadamente de los mechones.

Jenna, durante un instante enloquecedor, se preguntó si estaría recordando, como lo hacía ella, cómo jugaba con su pelo cuando estaban en la cama después de hacer el amor, cómo lo tomaba entre los dedos y se lo pasaba por los labios y el cuello, cómo ella ponía la cara sobre su hombro y aspiraba lujuriosamente su aroma...

Sintió que el dolor la atenazaba sin control. La sangre le bramaba en los oídos. Las manos le temblaban. Se apartó el pelo de la cara y se lo anudó en la nuca.

–Me parece... que está empeorando el tiempo... –dijo Jenna con la voz ronca–. Ya te veré por ahí... supongo...

Se apartó de él obligándose a no correr.

Una vez en la seguridad del jardín, empezó a correr.

Entró en la casa sin aliento y se encontró con Christy, que bajaba las escaleras después de haber pasado el día de compras en Truro.

–Jenna –los ojos azules de Christy la miraban con intensidad–. ¿Te pasa algo? Mamá estaba preocupada...

–Estoy bien –contestó Jenna con chispas en los ojos y las mejillas congestionadas–. Para bien o para mal, voy a quedarme, pero con una condición.

–Claro, Jenna –Christy la abrazó–. Lo que quieras, ya lo sabes...

–Mañana voy a ir a Polcarrow y voy a cortarme el pelo –se detuvo–. Al cero.

Capítulo 2

EL viento amainó a primeras horas de la mañana. Jenna podría haber dicho el minuto exacto en que empezó a amainar porque desde que se metió en la cama había hecho poco más que mirar la oscuridad y escuchar el reloj de pie que había en el vestíbulo.

Si no se dormía pronto, por la mañana tendría un aspecto espantoso, se dijo mientras se daba la vuelta.

Aun así, no tendría un aspecto tan malo como el que tenía Ross el día anterior, se recordó con una punzada de preocupación. Con sólo mirarlo, se había desvanecido cualquier duda sobre la gravedad de su supuesta enfermedad.

Él le había dicho que ella estaba más delgada, pero él también había perdido bastante peso y su rostro estaba pálido y cetrino con profundas ojeras. También parecía mayor, más calmado y extrañamente cansado. Por un momento le pareció estar delante de un desconocido.

En ese momento, podía entender que Thirza hubiera estado tan preocupada, aunque no la enojara el resultado de esa preocupación.

Suspiró y hundió la cara en la almohada. Por un rato, estuvo tentada de no decir nada sobre el encuentro en el acantilado, pero pronto se dio cuenta de que no habría servido de nada. Además, el pacto que había alcanzado con Ross tendría consecuencias directas durante los próximos días y afectaría a su familia, de modo que seguramente tenían derecho a saberlo.

Contó las noticias durante la cena con un tono despreocupado y pragmático.

–No queremos que la situación sea más incómoda de lo que ya es –intentó sonreír–. Así que hemos decidido ser... civilizados.

Se había hecho un silencio.

–Querida niña... qué triste te veo –dijo la tía Grace mientras dirigía una mirada fulminante a su marido, que seguía comiendo tranquilamente el guiso de pollo–. Henry... ¿desde cuándo sabías que Ross iba a venir a la boda con Thirza y por qué lo consentiste?

–Ella me llamó esta mañana –el señor Pcnloe sonrió a su mujer– y no me pidió permiso –añadió lacónicamente.

–Muy propio de ella –afirmó enérgicamente Grace Penloe–. Muy propio. Si hubiera tenido la más mínima consideración por nosotros, se habría mantenido al margen.

Jenna puso la mano sobre la de su tía para calmarla.

–No te preocupes, de verdad. Reconozco que me molestó cuando me enteré, pero fue una tontería mía –sonrió animadamente–. A lo mejor resulta que es lo mejor –añadió con una mirada de soslayo a su tío–. Al fin y al cabo, algún día teníamos que encontrarnos.

–Seguramente –puntualizó la señora Penloe–, pero habría sido preferible que no ocurriera aquí. Va ser un festín para Betty Fox –añadió mientras pinchaba un champiñón como si fuera la señora en cuestión.

–Betty Fox ya tendrá bastante con criticar cómo vamos vestidos y encontrar defectos a la decoración de la iglesia y al servicio de comidas –dijo Christy con una mueca–. Ni siquiera ella puede sacar mucho jugo de una pareja divorciada que se comporta educadamente.

–Eso es lo que tú te crees –objetó su madre cáusticamente–. Maldita Thirza –hizo una pausa poco halagüeña–. Por cierto, Jenna, ¿qué es eso que me ha contado Christy de que vas cortarte todo el pelo?

Jenna se encogió de hombros.

–Una imagen nueva. He tenido el pelo largo toda mi vida. Ha llegado el momento de cambiar.

La señora Penloe miró con angustia los rizos castaños de su sobrina.

–Jenna... No lo hagas. Por lo menos espera a que haya pasado la boda, por favor.

Jenna la miró fijamente.

–Tía Grace, voy a llevar unas flores en el pelo. No importará.

–No estaba pensando en el peinado –la señora Penloe sacudió la cabeza–. Cariño...

–Parecía como si fuera a cortarme la cabeza –dijo Jenna más tarde mientras se cepillaba la maldita melena antes de acostarse.

Christy, que estaba tumbada en la cama ojeando una revista de decoración, frunció el ceño.

–Mamá se excedió un poco –concedió–. No puedo decir que yo esté encantada con la idea, pero es tu pelo –puso una cara seria–. Quizá la boda empiece a alterarla. Hasta el momento había estado asombrosamente tranquila y organizada, hasta que Thirza ha lanzado el bombazo. Le he dicho a papá que, cuando todo pase, tiene que llevarse a mamá de vacaciones.

Una ráfaga de viento hizo vibrar los cristales de la ventana y las chicas se miraron.

–A ser posible a algún sitio cálido y tranquilo –dijo Jenna mientras dejaba el cepillo.

–Menos mal que hemos decidido hacer el banquete en el salón de la iglesia en vez... –Christy se paró en seco.

Jenna le dirigió una sonrisa forzada.

–¿En vez de en una carpa en el jardín como hice yo? No pasa nada, puedes mencionarlo sin que me ponga histérica.

Christy cerró la revista y se sentó.

–Jenna... siento muchísimo que tengas que pasar por esto –se detuvo–. Los rumores del pueblo decían que Ross estaba en cama y que lo alimentaban por vía intravenosa. Así que difícilmente podías esperar que apareciera por Trevarne Head –miró a Jenna con ojos expectantes–. Verlo... ¿fue tan horrible como esperabas?

–Por Dios, no –respondió despreocupadamente Jenna.

«Fue peor, mucho peor», se dijo para sus adentros.

–Bueno, es un alivio –Christy sacudió la cabeza–. Aunque eso no disculpa a Thirza. Es única para contribuir a la unidad y respeto del tejido familiar.

–Al fin y al cabo, es diseñadora textil ¿no? La verdad es que me he planteado alguna vez hacer una exposición de su obra en la galería.

–Puedes proponérselo.

Jenna sacudió la cabeza.

–Lo rechazaría. Nunca me ha tenido mucha simpatía, ni siquiera antes del divorcio.

–No me lo habría imaginado –dijo Christy pensativamente–. Después de lo que pasó con su marido, yo habría dicho que te comprendería perfectamente –se detuvo apesadumbrada–. Vaya, soy una bocazas, Jenna, lo siento...

–No lo sientas –dijo Jenna con desenfado mientras se ponía crema hidratante–. Háblame del padrino del novio, se supone que es el encargado de ocuparse de mí, ¿no?

–Tim es encantador –Christy se animó apreciablemente–. También trabaja en un banco de Londres y Adrian y él son amigos desde la universidad. Llegan mañana para comer –bajó la voz en tono de confidencia–. Además, me he enterado de que no sale con nadie en este momento.

–Christy... –le dijo amablemente Jenna–, confórmate con tu encantador Adrian y no hagas de casamentera. Yo pensaba en bailar una vez con Tim y nada más.

–También puedes bailar dos o tres veces –sugirió Christy imperturbable y mirando de reojo a Jenna–. Es una coartada perfecta, aunque sólo sea eso.

–Lo pensaré –Jenna se levantó del tocador–. Ahora lárgate, tienes que dormir para estar muy guapa.

–Todavía faltan tres días –protestó Christy mientras Jenna la empujaba hacia la puerta.

–Es verdad, pero necesitas toda la ayuda que puedas conseguir –replicó burlonamente Jenna antes de cerrar la puerta y reírse ante la furia de su prima.

En ese momento era ella la que necesitaba ayuda, se dijo Jenna sin conseguir pegar ojo.

Seguro que Christy le había hecho un sortilegio para que tuviera insomnio.

Sin embargo, sabía que no era tan sencillo. Sabía que la inquietud y el desasosiego eran por la reaparición de Ross en su vida y por nada más.

Una vez más, tan cerca y tan lejos, pensó. Lo cual era como un resumen de su breve matrimonio.

Ya una vez, la noche antes de su boda, mientras estaba en vela por los nervios y la felicidad, intentó calcular la distancia exacta que los separaba, contó mentalmente los pasos que la llevaban de Trevarne House al camino que discurría entre los altos setos y acababa en la pendiente que conducía a Polcarrow. Imaginó que él le abría la puerta y la abrazaba.

Repentinamente, Jenna se sentó dando bocanadas para respirar. Estaba temblando y tenía el camisón pegado al cuerpo por el sudor. Encendió la lámpara que había en la mesilla de noche, se sirvió agua de la jarra y la bebió ansiosamente para refrescar la sequedad de la garganta.

–Eres tonta –se susurró a sí misma–. Das pena.

No podía permitirse esos recuerdos porque eran demasiado dolorosos.

El fin del matrimonio había sido una batalla campal y ella todavía estaba herida. Además, la tregua que había pactado con Ross no tenía sentido porque nunca llevaría a una paz definitiva.

Era imposible, pensó. Habían pasado demasiadas cosas.

Había conseguido dominar la mayoría de esas cosas

durante los últimos meses a base de ocupar sus horas de ocio y dejar poco espacio para la introspección, pero se había abierto una grieta en el dique y le espantaba pensar en lo que podía suceder.

Apagó la luz y volvió a tumbarse consciente de que tenía el estómago revuelto y que la mente le daba vueltas en un revoltijo de pensamientos y recuerdos afilados como cuchillos.

–¿Estás segura? –le preguntó Stella con la melena de Jenna entre las manos.

Era baja, nervuda y vivaracha y con un pelo que esa semana tenía el color del estaño.

El sábado iría a Trevarne House con dos ayudantes, una manicura y una maquilladora, para atender a la novia y a su familia.

Hasta entonces, había aceptado hacer un hueco para Jenna, pero era evidente que no le gustaba la idea.

–¿Qué pasará si empiezo y te arrepientes? –le preguntó apremiantemente con los brazos en jarras–. Sabrás que no puedo volver a pegártelo –cambió a un tono más zalamero–. Puedo cortarte un poco las puntas.

–Lo digo en serio –dijo escuetamente Jenna–. Lo quiero corto –abrió el libro de modelos y señaló uno–. Como ese.

–¡Por los clavos de Cristo! –exclamó Stella parpadeando–. De acuerdo, cariño, pero es tu entierro en vida.

Tres cuartos de hora después, Jenna se encontró con una desconocida que la miraba desde el espejo. Su melena castaña había quedado reducida a poco más que un casquete suave y lustroso hábilmente escalonado que resaltaba la forma de la cabeza.

–La verdad es que funciona –concedió Stella a regañadientes–. Realza tus pómulos y todo eso. Además, el sábado podré colocarte las flores... así –le hizo una demostración.

Jenna le sonrió.

—Stella, eres un genio.

—Ya —reconoció Stella que no contaba con la modestia entre sus virtudes—, pero sigo diciendo que es una pena. Todo ese pelo maravilloso... —hizo una pausa—. ¿Quieres conservar un poco como recuerdo de las glorias del pasado?

—No —contestó Jenna con calma—. Creo que no, gracias.

Notaba la cabeza increíblemente ligera cuando salió a la calle. El sol había salido, sin duda en honor a su nueva imagen.

Había aparcado el coche junto al puerto y le costó bastante llegar hasta él. Cada pocos metros alguien la paraba para darle la bienvenida, decirle que estaba muy guapa y que parecía que el tiempo iba a mejorar para la boda.

Ella les sonreía, les daba las gracias y les decía que los vería el sábado.

Entre la euforia general de la bienvenida, tuvo un instante para darse cuenta de que también la observaban con menos cariño desde la acera de enfrente. Levantó la mirada y vio a Ross en la puerta de la tienda de Betty Fox. Estaba completamente inmóvil y la miraba fijamente con el ceño fruncido.

La primera reacción fue salir corriendo hacia el coche, pero en vez de hacerlo sonrió débilmente y levantó la mano para saludarlo.

Entonces, él se movió y cruzó la calle esquivando dos camionetas y una bicicleta con las zancadas largas y ágiles que ella conocía tan bien.

La agarró con cierta brusquedad del brazo.

—Por todos los santos —dijo con tono crispado—. ¿Qué te has hecho?

—Me he cortado el pelo —intentó en vano soltarse el brazo—. No es un delito.

—Eso —objetó abrumadoramente Ross—, es una cuestión de opiniones.

–Además –Jenna empezaba a irritarse–, lo que yo haga no es de tu incumbencia.

–Es decir, que si veo que se comete un acto vandálico y se destroza una obra de arte, ¿no puedo decir nada? ¿Tengo que aplaudir?

–No seas ridículo. No es lo mismo y lo sabes perfectamente.

–No. Es mucho peor. Es un atentado, un sacrilegio.

Ross le aguantó la mirada. Era como si se hubiera desvanecido el ruido que los rodeaba y se encontraran encerrados en un silencio extraño y poderoso.

Entonces, Jenna vio por encima del hombro de Ross que Betty Fox salía de la tienda para simular que ordenaba los periódicos del revistero que había en la calle y le dirigía una mirada voraz. El hechizo se rompió bruscamente.

–Creía que habíamos hecho una tregua –dijo Jenna con un tono tenso–. Sin embargo, ya estamos discutiendo en público para que todo el mundo lo vea. ¿Serías tan amable de dejar que me vaya?

–No –contestó él–. Todavía no.

Se dirigió calle abajo agarrando a Jenna del brazo y arrastrándola quisiera o no hasta doblar la esquina hacia el puerto.

–¿Qué demonios te crees que vas a hacer?

Estaba congestionada y sin aliento por la indignación que le producía verse arrastrada de una forma tan impropia.

Siempre hacía lo mismo, se dijo Jenna. Empezó la noche que volvieron a encontrarse en Londres...

–Ven –le había dicho aquella vez mientras la agarraba del brazo y la arrastraba fuera de la habitación y del edificio con tantas prisas, que ella tuvo que correr para seguirlo.

–¿Dónde me llevas? –ella había estado abrumada por el cúmulo de sentimientos hacia él: estaba asustada, contenta y anhelante al mismo tiempo.

Ross se había detenido, se había vuelto hacia ella y le había tomado la cara entre las manos con una dulzura estremecedora.

–¿Tiene importancia?

En ese momento, si bien el contacto no era amoroso en absoluto, Jenna se quedó impresionada de comprobar que todavía podía alterarla profundamente, ¿o sería el recuerdo?

–Vamos a aclarar algunas cosas, cariño –le replicó él–. Vamos a ser increíblemente civilizados.

Ross abrió la puerta del café Quayside y entró con ella. Las conversaciones cesaron por un instante y volvieron a iniciarse con un tono más alto todavía mientras Ross la llevaba a una mesa junto a la ventana y pedía dos cafés a la nerviosa propietaria.

–¿Quieres comer algo? –le preguntó a Jenna.

–No, gracias –le contestó ella gélidamente.

El rostro de Ross se tranquilizó con una repentina sonrisa.

–¿Porque podrías atragantarte?

A Jenna no le hizo gracia comprobar que había estado a punto de sonreír.

–Te parece todo muy divertido, ¿verdad? –dijo Jenna con una furia reprimida.

Ross arqueó las cejas.

–Ni mucho menos, corazón –Ross arrastró las palabras–. Más bien, me parece una tragedia –se detuvo–. Tal vez debiéramos encontrar un tema de conversación inofensivo para evitar el conflicto hasta que llegue el café.

–Piensa en algo. Yo no tengo ganas de charlar.

–Muy bien –Ross pensó un segundo–. ¿Vas a irte de vacaciones este año?

–No lo he decidido todavía –Jenna bajó la mirada al mantel de cuadros–. Quizá me vaya a última hora a una isla griega.

–¿Sola?

Jenna se encogió de hombros.

–Difícilmente podría irme con Natasha. Una de las dos tiene que ocuparse de la galería.

–Claro –admitió suavemente Ross–. Thirza me ha comentado que trabajáis juntas.

El tono de voz le recordó a Jenna que la mala opinión que Natasha tenía sobre Ross era recíproca.

Jenna levantó la cara.

–Qué amable es tu madrastra por interesarse sobre mis asuntos.

–Tampoco es para tanto –le brillaron los ojos oscuros–. Lo mencionó de pasada.

–Entiendo –Jenna dudó–. ¿Y tú? ¿Tienes pensado irte de vacaciones?

Ross sonrió débilmente.

–Para mí, como siempre, las vacaciones son dejar de viajar.

«Pero dejaste de viajar cuando te casaste conmigo. Dijiste que abandonarías esa forma de vida», Jenna no pudo evitar recordar aquello.

–Pero me imagino que volveré a la casa de Bretaña –continuó Ross–. Al parecer los últimos inquilinos no era muy cuidadosos y necesita algún repaso.

–¿Has estado alquilando Les Roches? –«la casa donde pasamos la luna de miel»– No... no lo sabía.

Ross se encogió de hombros.

–Las casas no deben dejarse vacías, pueden perder el espíritu.

Jenna se miró la uña del pulgar.

–¿No has pensado venderla?

–No –la respuesta fue inmediata y escueta–. Siempre ha sido una casa familiar –se apoyó en el respaldo de la silla–. Y algún día quiero tener una familia allí.

Jenna no se lo esperaba y fue como si le hubiera dado un puñetazo en el plexo solar. Notaba un zumbido extraño en los oídos y separó los labios, pero no pudo decir absolutamente nada.

Se sintió salvada por la llegada de los cafés. Cuando

las tazas estuvieron en la mesa y llevaron la leche y el azúcar, ella pudo hablar otra vez.

–Caray –consiguió decir con una risita–. ¿Vas a dejar esa vida nómada que llevas?

–Eso parece –Ross hizo una mueca con la boca–. Todos lo hacemos... antes o después.

–Yo pensaba que podrías ser la excepción –Jenna esperaba que el desenfado del tono fuera convincente–. ¿Qué te ha hecho cambiar de opinión?

–Me puse enfermo –la miró a los ojos– y, como sabes, no estoy acostumbrado. Me hizo meditar... o replantearme las prioridades –se quedó en silencio por un instante–. Además, hay... alguien importante en mi vida –se encogió de hombros–. ¿Qué puedo decir?

–No hace falta que digas nada –Jenna consiguió hablar tranquilamente a pesar de lo asombrada que estaba–. Al fin y al cabo, somos libres. ¿Cuándo es... la feliz fecha?

–Todavía no hemos decidido nada. Es un poco pronto para ella. Ya ha estado casada y hay que resolver algunas cosas.

–Bueno –dijo Jenna con una sonrisa firme–, esta vez querrás estar seguro.

–Así es –arqueó las cejas–. Eres muy comprensiva.

Jenna farfulló algo y volvió a mirar el mantel de cuadros.

No se merecía el halago y lo sabía. No había comprendido nada. Detrás de la careta de entereza le bullían infinidad de preguntas que no iba a hacerle, que no podía hacerle.

«¿La conozco? ¿Es Lisa Weston? Si no es ella, ¿por qué? ¿Qué ha sido de la mujer que destrozó nuestro matrimonio? ¿También acabaste cansándote de ella?»

Las palabras se le amontonaban en la cabeza y exigían una respuesta.

Sin embargo, eran un terreno en el que no se atrevía a adentrarse porque una vez que empezara a hacer preguntas no podría parar. La fina capa de hielo interior en la que se apoyaba podía quebrarse y permitir que se derramara todo el dolor y la ausencia que la embargaba. Podía acabar por demostrarle de una vez por todas cuánto daño le había hecho. Lo que era peor, podía demostrarle que las heridas todavía le sangraban a pesar de los dos años de separación absoluta.

Si él llegaba a intuir que todavía no había empezado a restañar las heridas, podría preguntarle el motivo y ella no quería pasar por esa humillación, ni por ninguna otra.

Se dio cuenta de que el silencio se alargaba, levantó la mirada y le sonrió radiantemente.

Él también tenía la mirada baja y meditabunda.

—¿Qué me dices de ti, Jenna? ¿Hay alguien en tu vida?

—Nadie en especial —levantó un hombro con cierta indiferencia—, pero disfruto coqueteando, no lo había hecho nunca.

—Es verdad —Ross bebió un poco de café, hizo una mueca y dejó la taza en la mesa—. Es el peor café del mundo.

—Siempre que vienes aquí dices lo mismo —lo dijo antes de que pudiera evitarlo.

Compartían muchos recuerdos y en aquel momento ella quería demostrarle que el pasado estaba enterrado.

—Será porque siempre ha sido verdad —Ross miró el reloj—. Tal vez sea hora de que demos por finalizada la demostración de armonía ex matrimonial.

—Sí... sí, claro.

Jenna se demoró mientras recogía el bolso y observó disimuladamente cómo Ross iba al mostrador, pagaba, sonreía a la gordita señora Trewin y le decía algo que hizo que se picara como una chiquilla.

Así era Ross, se dijo Jenna fríamente. Podía usar su encanto como un arma y eso era algo a lo que tendría que acostumbrarse su nueva mujer.

Sin embargo, ella no podía pasar por alto el asombroso cambio que se había producido en él.

Parecía, se dijo Jenna , como si hubiera salido renovado de un sueño profundo. Naturalmente, todavía estaba demasiado delgado, pero aquella mañana los rasgos de la cara eran más afilados, más dinámicos, y los ojos volvían a tener el brillo de siempre, volvían a ser tan seductores, irónicos y arrolladores como siempre.

Quizá él también quisiera cerrar una etapa y entrar en su nueva relación sin lastres del pasado.

Lo cual, naturalmente, era lo mismo que ella debería buscar. Lo que siempre se había dicho que anhelaba conseguir.

La boda de Christy tenía que ser un paso más en el camino de su renovación. Desde que recibió la invitación supo que tendría que ser fuerte para aguantar las implicaciones y las consecuencias, pero eso había sido antes de que explotara el bombazo de la presencia de Ross y todo lo que había pasado desde entonces.

Para culminar con las confesiones de la última media hora.

Salió delante de él y se detuvo un momento mirando los botes y los barcos de vela del puerto, estaba contenta por poder mirar a otra cosa.

Ross se colocó a su lado.

—Debes de echar mucho de menos este sitio... el mar... ¿Crees que volverás alguna vez?

—Fue un sitio maravilloso para pasar la niñez —mantuvo la voz firme—, pero he madurado y mi vida está en otro sitio.

—¿En Londres? —hizo una mueca con la boca—. Nunca estuve convencido de que fuera el sitio adecuado para ti, ni siquiera cuando vivíamos allí.

—Quizá no fuera por el sitio —replicó ella con cierta tensión—, quizá fueran otros factores los que no encajaban. En cualquier caso, prefiero no hablar de eso —se irguió—. Tengo el coche ahí. ¿Quieres que te lleve a casa de Thirza?

—Serías muy amable —dijo Ross lentamente—, ¿pero estás segura de querer hacerlo?

Jenna no lo miró.

–Tal vez podamos mantener la farsa hasta el final.

Todavía soplaba la brisa, pero se estaba quedando un día de primavera perfecto. Las nubes estaban altas y Jenna notaba el calor del sol en su cabeza rapada mientras caminaban a lo largo del muelle. Se quitó la chaqueta y se remangó el jersey de lana.

–Dios mío –exclamó Ross con un tono levemente preocupado–. ¿Te he hecho yo eso?

Jenna miró las marcas rojas que se notaban claramente donde él le había agarrado del brazo.

–No... tiene importancia. Además, el vestido que llevo para la boda es de manga larga. Siempre me han salido moretones con facilidad –añadió fríamente y con mordacidad.

Ross sonrió con gesto serio.

–Ah, es verdad. Cómo he podido olvidarlo... A mí, en cambio, nada me deja señal... nunca. Como si tuviera una cota de malla en vez de piel. ¿Eso es lo que quieres decir?

Jenna se mordió el labio.

–No exactamente. Yo... no podía esperar que te preocuparas por... ciertas cosas como lo hacía yo.

–Supongo que porque soy un bárbaro insensible que no entiende nada de los sentimientos más profundos de una mujer –el tono se había tornado gélido–. Tienes muy mala memoria, Jenna. Durante los pocos meses de nuestro matrimonio, llegué a conocer algunos de tus secretos más íntimos; algunos que no conocías ni tú misma.

Las mejillas se le sonrojaron y no fue por el calor del sol.

–No tienes derecho a hablarme de esa forma –se quejó Jenna con una voz apagada–. Ningún derecho.

–No necesito que me recuerdes todos lo derechos que tenías y que fui tan tonto de pasar por alto –dijo Ross delicadamente.

Fue como si las palabras se hubieran quedado suspendidas con tono retador en el aire que los separaba. Despertaban en ella viejos recuerdos, viejos anhelos. La alteraban con su fuerza.

La observó con unos ojos oscuros y chispeantes que le recorrieron todo el cuerpo con descaro. El jersey color crema de cuello alto y los ceñidos pantalones vaqueros no eran un obstáculo para la intensidad de su mirada. Le devolvió la mirada con las pupilas dilatadas y los labios separados, consciente de que en su interior se agitaba una ligera y nada deseada excitación.

Él sabía cómo era ella desnuda después de las muchas veces que le había quitado la ropa con manos delicadas y tiernas unas veces y apremiantes e irrefrenables otras; después de las muchas veces que sus labios habían recorrido la piel que acababa de dejar al desnudo.

Estaba espantada al notar que los pezones se le endurecían involuntariamente ante la repentina intensidad de los recuerdos.

Tragó saliva y comprendió que aquello era lo que siempre había temido. Por eso había evitado cualquier contacto personal después del divorcio, incluso en el despacho de los abogados. Sabía que no podía estar segura de su reacción física ante él. Por mucho que hubiera ejercitado su mente para rechazarlo, cuando estaba en su presencia, el cuerpo todavía se le estremecía por el deseo de antaño.

Notó un resplandor ardiente que le llegaba de él como un sol oscuro y se dio cuenta con una certeza aterradora de que todo lo que tenía que hacer era alargar la mano...

Se le secó la garganta y pensó: «no puedo hacer esto». Cuando vio que a él se le cambiaba la expresión, comprendió que, además, lo había dicho en voz alta.

Ross retrocedió un paso para separarse de ella .

—Por desgracia, Jenna, no tienes elección —dijo Ross con calma—. Ni yo tampoco —se detuvo—. En cualquier caso, será mejor que me vaya andando. Ya nos veremos.

Se dio la vuelta y se alejó del muelle.

Jenna se quedó inmóvil un instante mientras le veía marcharse, luego, lenta y temblorosamente, se dirigió hacia su coche.

Abrió la puerta, entró y dejó el bolso en el asiento del pasajero. Metió la llave en el contacto, pero no la giró.

No se atrevía a conducir, salvo que quisiera acabar en el fondo del puerto.

Decidió que tenía que recomponerse, pero era más fácil decirlo que hacerlo.

Tomó aire y repasó la situación. Había sido verdadera mala suerte toparse con Ross dos días seguidos, pero se cercioraría de que no volviese a ocurrir.

Naturalmente, tendría que verlo en la boda, pero habría mucha gente y podría esquivarlo más fácilmente. Además, estaría ese Tim desconocido para actuar de pantalla.

Aparte del ensayo de la boda del día siguiente, no tenía necesidad de abandonar Trevarne House y ya se encargaría ella de tener todos los momentos ocupados, aunque fuera tranquilizando a la tía Grace.

Cruzó los brazos sobre el volante y apoyó la frente en ellos con los ojos rebosantes de lágrimas.

¿Quién la tranquilizaría a ella?, se preguntó con una repentina desolación y sin poder encontrar una respuesta satisfactoria.

Capítulo 3

EL coche era como una burbuja protectora que la protegía de todo menos de sus pensamientos; de unos pensamientos de los que ya no podía escapar, ni siquiera pasar por alto.

Su mente era un caos, pero consiguió darse cuenta de que se veía arrastrada inexorablemente hacia la noche en que ella, tres años antes, cuando ya no era una niña, había vuelto a encontrarse con Ross.

Se había organizado una presentación privada en la galería Haville para un joven artista que exponía por primera vez. La velada había transcurrido bastante bien y los puntos rojos daban una medida del éxito. La gente empezaba a marcharse cuando, alertada por la sensación de que la observaban, se había vuelto; a unos metros, Ross la miraba con los ojos entrecerrados por la incredulidad.

Era como si no hubiera nadie; como si no existieran los grupos de personas que hablaban a su alrededor.

Un calor delicioso le había recorrido todas las venas y los sentidos le habían dado vueltas en una especie de delirio.

Él había sonreído y se había dirigido hacia ella. La gente le había hablado, pero ella no los había oído. Estaba ensimismada, cada una de sus células estaba concentrada en el hombre que volvía a entrar en su vida de una forma tan increíble. Se había dado cuenta de que estaba aceptando sin cuestionárselo que aquel era el único hombre del mundo con el que siempre querría estar.

Cuando se encontraron, a ella le salió una especie de graznido ronco.

–¿Qué haces aquí?

–Me han invitado. Alguien que conocí en una fiesta –ella notó que él tomaba aire–. He... he estado a punto de no venir.

Los dos se habían reído como si la mera idea fuese una locura porque sabían desde el principio de los tiempos que era inevitable que volvieran a encontrarse en aquel sitio y en aquel momento. Que los dos estaban hechos para aquello y que nada habría podido mantenerlos apartados.

–¿Me has reconocido entre tanta gente? –le preguntó Jenna con una voz sonriente.

–Te habría reconocido en cualquier parte –contestó él lentamente antes de hacer una pausa–. ¿Pero qué haces tú aquí?

–Trabajo aquí.

–Claro –Ross sacudió la cabeza–. Thirza me comentó que habías hecho un curso de arte.

–Me sorprende que se acuerde.

–Yo pregunté por ti, Jenna. Siempre, siempre pregunto por ti.

Ella lo había mirado a los ojos y había visto la llama de la pasión, el anhelo indisimulado, y había sentido que la piel le ardía apasionada e involuntariamente y que las entrañas se le estremecían con una excitación como no había sentido nunca.

–No... no entiendo –susurró ella–. ¿Qué está pasando?

–Estamos... –lo dijo casi con brusquedad–. Nos estamos encontrando por fin.

Le tocó la mejilla, se la acarició, y ella giró la cara con una reacción involuntaria hasta que los labios se encontraron con los dedos de él.

–Jenna... –lo dijo con un susurro atribulado–. Dios mío, Jenna... –se quedó un momento en silencio para tomar aliento–. Ven.

La agarró del brazo y la arrastró hasta la calle. Ella tuvo que correr para poder seguir sus zancadas.

—No puedo marcharme... —protestó ella sin ninguna convicción.

—Acabas de hacerlo.

—¿Adónde vamos? —estaba abrumada por todo lo que sentía; estaba asustada, feliz y anhelante al mismo tiempo.

Él se paró repentinamente, se dio la vuelta y le tomó la cara entre las manos con una delicadeza estremecedora.

—¿Te importa?

—No— respondió ella sencillamente y con toda seriedad.

Fueron al piso de Ross, que estaba en un antiguo almacén que se había rehabilitado a orillas del Támesis. Ross le había tomado la mano en la oscura intimidad del taxi. Realmente no la agarraba con fuerza, pero ella notaba como si se la atravesara hasta los huesos y empezó a temblar por dentro.

Sin embargo, mientras subían en el ascensor al último piso, Jenna notó que se le evaporaba la euforia inicial y que se sentía tímida y vulnerable. Miró de soslayo a Ross, pero su expresión no le decía nada. Le pareció el desconocido frío y enigmático de su adolescencia y sintió una punzada de verdadera duda.

«¿Qué estoy haciendo?», se había preguntado. «¿Por qué estoy aquí?»

Naturalmente, sabía la respuesta. Era posible que no tuviera mucha experiencia, pero tampoco era una ingenua. Había ido voluntariamente, de modo que no podría quejarse si él esperaba que cumpliera la promesa que llevaba implícita su decisión.

Sin embargo, al ver el piso se olvidó de todo lo demás. Con los ojos como platos, miró alrededor, a los techos abovedados y a los grandes ventanales que ofrecían unas vistas impresionantes del río. El suelo de madera brillaba con una pátina dorada y las paredes, de colores claros, eran el fondo perfecto para muebles y cortinas de colores cálidos.

–Lo compré sin rehabilitar –comentó Ross mientras preparaba café en la moderna cocina–. Luego le pedí a un amigo arquitecto que me hiciera el interior porque necesitaba espacio para el despacho y el cuarto oscuro.

–Ha hecho un trabajo maravilloso –a Jenna le brillaban los ojos–. Es increíble.

Ross le sonrió.

–Y eso que todavía no te lo he enseñado todo –hizo una pausa–. ¿Has comido algo? Aparte de esos bocaditos de nada.

–Me alegro de que el señor Haville no pueda oírte –dijo Jenna con severidad–. Eran unos canapés de un catering muy caro.

–Lo que explica el aspecto minimalista tan moderno y que me esté muriendo de hambre –Ross dejó el café, sacó del armario un paquete de pasta y buscó huevos y panceta en la nevera–. ¿Te apetecen espaguetis carbonara?

–Sí, por favor –Jenna asintió vigorosamente con la cabeza–. ¿Puedo ayudarte?

–Por ahí hay lechuga y algunas cosas. Puedes preparar una ensalada.

Durante unos minutos trabajaron en un silencio que resultó muy sosegado y agradable. Como si lo hubieran hecho toda la vida, había pensado ella.

Se sintió francamente aliviada de que no quisiera acostarse con ella inmediatamente porque si bien su cuerpo lo anhelaba, su primera entrega física iba a ser una gran prueba emocional para ella. Aunque la superaría cuando tuviera que hacerlo, se había dicho.

–Todavía no puedo creerme lo que está pasando –dijo ella mientras separaba las hojas de la lechuga.

–¿Estás haciendo algún tipo de régimen que te impida cenar?

–Me refiero a estar aquí... de esta manera –sacudió la cabeza–. Todavía somos casi unos desconocidos.

–Tú y yo nos conocemos desde siempre –Ross se enjuagó las manos y se las secó con un paño–. No me refiero a que seamos primos cuartos o quintos. Hubo un entendimiento desde el principio –se detuvo–. Yo creo que tú también lo notaste.

Ella se sonrojó un poco.

–¿Incluso cuando era una mocosa?

Ross tenía el rostro serio, pero los ojos burlones.

–Sobre todo entonces.

–Pero... no me hacías ningún caso.

–Compréndelo –lo dijo con un tono muy amable–. Todavía eras una niña. Tenía que mantenerme al margen por muchos motivos. Tienes que entenderlo. Tu tío Henry lo entendió –añadió con tono guasón–. Fue muy amable. Me dijo que no tenía que avergonzarme de nada. Me felicitó por darme cuenta de un posible problema y afrontarlo antes de que se produjera. Me dijo que las jovencitas no conocían su verdadero poder, pero que disfrutaban poniéndolo a prueba y que yo había tenido mucha paciencia y que tenía que seguir teniéndola.

–¿Hablaste de mí en esos términos? –le preguntó con tono rígido–. Como si fuera una jovencita provocadora... Dios mío...

Ross negó con la cabeza.

–No, cariño. Porque los dos te queríamos. Además, él tenía mucha razón. Yo tenía todos los sentimientos completamente alterados y no podía explicarle que no era solo una cuestión física; que lo que me atraía de ti era esa sensación de calma interior que ya tenías. Christy era la abierta y coqueta, pero tú tenías una serenidad que era como un imán para mi espíritu vagabundo. De modo que la única posibilidad era que me marchara y me mantuviera alejado hasta que crecieras.

Ella inclinó la cabeza.

–Ross... crecí hace tiempo, pero tú seguiste alejado.

–Sí –reconoció Ross lentamente–. Porque con los años todo empezó a parecerme una especie de ilusión. Uno de esos sueños que mantienes como tales porque sabes que nunca se harán realidad –hizo una pausa–. Pensé que podía ser algo solamente mío y que la extraña sensación de armonía, de volver a casa, que yo sentía era producto de mi imaginación.

–Sabías que no –dijo ella con voz ronca.

–Tal vez, pero la vida sigue y yo podía haber perdido mi oportunidad. Podías haber encontrado a otro –sacudió la cabeza–. Cada vez que veía a Thirza pensaba que ella me diría que te habías casado o tenías novio.

No –replicó ella–. No ha habido nadie, nadie en serio, quiero decir.

«Porque estaba esperándote a ti sin darme cuenta. Lo he comprendido al verte esta noche », gritó desde su corazón

Ross permaneció un rato en silencio mientras la miraba detenidamente y con curiosidad.

–Entiendo –dijo tranquilamente antes de seguir preparando la cena.

Ella supo que era verdad; que había captado su anhelo y su miedo y que los había entendido; que esa noche sería como empezar de nuevo.

Tomaron un vino blanco seco que combinaba perfectamente con el profundo sabor de la pasta. También tomaron queso y fruta.

Ella consiguió cenar aceptablemente a pesar de los nervios que le atenazaban la boca de estómago.

La conversación también ayudó a reducir la tensión. Charlaron tranquilamente y se pusieron al día después de tantos años sin verse.

Ella, sin embargo, estaba desconcertada porque él no había hecho el menor intento de tocarla. Lo que era peor, en la cocina, mientras terminaban de preparar la cena, él había hecho todo lo posible por evitar cualquier contacto físico.

Quizá le hubiera abrumado saber que todavía era virgen. Quizá necesitara a alguien que estuviera a su altura en cuanto a experiencia.

Incluso después de cenar, cuando decidieron tomar el café y los licores en uno de los enormes sofás, cada uno se sentó en un rincón, a metro y medio de distancia.

Desde luego, se dijo ella con cierta amargura, él no podía estar esperando que ella diera el primer paso.

–Me siento como si hubiera estado viviendo en otro planeta comentó Jenna pesarosamente cuando Ross le contó algunos de los peligros de su profesión –. Mi casa, el colegio, la universidad, el trabajo... Una progresión muy previsible, sin ninguna emoción.

–¿Quieres emociones? –el tono tenía algo de burlón.

Él estaba apoyado en el respaldo completamente relajado y seductor con la corbata floja, los botones del cuello de la camisa desabotonados, los gemelos sueltos y las mangas remangadas sobre los bronceados antebrazos.

–No lo sé –ella tragó un nudo que tenía en la garganta y se dio cuenta de que el tono de la velada había cambiado–. No lo había pensado antes.

–¿Y ahora?

–Todavía... no estoy segura –sacudió la cabeza y dio un puñetazo en el brazo de sofá–. ¡Qué poco convincente suena eso!

–Jenna –dijo él con calma–, no hay ninguna necesidad de que te atormentes con esto, te lo prometo –hizo una pausa–. Ni de que estés asustada.

–No... no lo estoy.

–¿No? –la miró con ojos burlones–. Estás tan susceptible, que si te tocara con una mano te desharías en mil pedazos.

Ella levantó la cara y lo miró a los ojos.

–Quizá sea más dura de lo que te crees. Además, ya me han tocado antes –añadió.

–¿De verdad? –le miró los pechos detenida y sensualmente, luego descendió a la esbelta línea de los muslos bajo el vestido negro–. ¿Te importaría concretar cuándo y cómo?

–Te estás riendo de mí...

–Te prometo que nunca he dicho nada más en serio –repentinamente la voz se tornó áspera–. No te equivoques, te deseo con toda mi alma, Jenna. Quiero que te quedes conmigo esta noche, pero no voy a obligarte a que hagas algo para lo que no estás preparada –respiró profundamente–. Si es demasiado pronto o precipitado para ti, sólo tienes que decirlo. No pasa nada. Conozco una compañía de taxis de confianza que puede llevarte a casa.

–¿Y luego? –consiguió decir ella.

Ross se encogió de hombros.

–Luego pondré en práctica mi paciencia sobrehumana y esperaré.

–¿Hasta cuándo?

Ross endureció el gesto.

–Quieres resarcirte, ¿verdad? Muy bien. La respuesta es que hasta que sea necesario, pero no más allá de nuestra noche de bodas porque entonces a lo mejor tengo que insistir.

Ella lo miró atónita.

–¿Quieres... casarte... conmigo?

Ross se acercó, pero sin llegar a tocarla. Alargó una mano y tomó un mechón de pelo entre los dedos.

–Una vez que te he encontrado no voy a dejar que vuelvas a escaparte –dijo Ross tranquilamente mientras admiraba el brillo sedoso del mechón.

A ella, el corazón la latía como un tambor enloquecido.

–¿Lo normal no es hacer una petición formal?

Ross sonreía con cierta tristeza.

–Había pensado hacerla... por la mañana.

–Ah –musitó ella lentamente–. ¿Puedo utilizar tu teléfono?

–Claro –le soltó el mechón de pelo–. La tarjeta de la compañía de taxis está dentro de la agenda.

Ella sacudió la cabeza.

–Voy a llamar a mi compañera de piso para decirle que no volveré esta noche –sonrió vacilantemente–. Verás, es algo que no hago nunca y a lo mejor se preocupa.

–Querida –Ross se bajó del sofá y se arrodilló delante de ella– ¿Estás segura?

–Sí –contestó–. Ahora lo estoy. Estoy segura de que, si voy a pasar el resto de mi vida contigo, quiero que empiece esta noche.

Ross inclinó la cabeza y apoyó la mejilla sobre su rodilla.

–Que así sea –dijo delicadamente.

Llamó al piso y le recibió el contestador automático. Quizá Natasha ya estuviera en la cama, pensó mientras miraba el reloj. O, lo que sería peor, quizá siguiera en la galería ayudando a recogerlo todo.

Sin embargo, ningún remordimiento podía velar el júbilo de su voz.

–Hola. Te llamo para decirte que estoy bien y que ya te veré mañana.

Volvió a colgar y fue hacia los brazos de Ross con una sonrisa en los labios y los ojos resplandecientes.

Caray, él se lo había puesto tan fácil... pero tampoco había tenido que esforzarse mucho, pensó Jenna con cierto fastidio al recordar aquel momento.

Había sido como una seducción de las que se dan en sueños. Una prolongada y dulce ascensión hacia el placer que hizo que la sangre le hirviera en las venas.

Ella se sintió perdida desde el preciso instante en que él la besó y le separó los labios con una destreza indiscutible y sucumbió a unas sensaciones que nunca pensó que pudieran existir.

Se rindió por completo a sus besos y le correspondió con una pasión plena de ansia mientras todo su cuerpo se estremecía cuando la tomó en brazos para llevarla a la cama.

Cualquier resto de timidez o de duda había dado paso

a un anhelo ardiente y abrumador que sólo él podía aplacar.

No puso el más mínimo impedimento a los expertos dedos que le quitaron la ropa. Ni se preguntó, como haría más tarde, cuántas mujeres habrían mitigado su anhelo bajo sus sonrientes labios o se habrían cimbreado ansiosas por sus caricias.

En aquel momento estaba ciega y sorda para todo lo que no fuera tomarlo y que la tomara.

Sus manos habían recorrido con calidez toda su sedosa piel y se habían complacido con cada curva, plano o ángulo de su cuerpo.

Ella, con los ojos entrecerrados, había comprobado que él la observaba, que no perdía detalle de los tonos de su piel, de la respiración entrecortada que se convertía en un jadeo, del movimiento incontrolable de la cabeza en la almohada, de todas las reacciones de su cuerpo a sus caricias. Se había entregado completamente, había gemido de placer mientras él le acariciaba y le besaba los pechos y le lamía los pezones expectantes hasta que se irguieron con orgullo.

Los dedos le habían temblado con torpeza mientras le ayudaba a quitarse la ropa y había jadeado sonoramente al sentir por primera vez su potencia ardiente, al sentir su desnudez contra la de ella.

Había sentido los dedos diestros y fuertes que le separaban los muslos para adentrarse lenta y primorosamente en su ser palpitante y abrasador. Había sentido cómo daban con su brote oculto y se había olvidado de todo lo que no fuera la interpretación magistral y enloquecedora de sus manos.

La había arrastrado lentamente a través de un placer febril hasta la cima definitiva y la había mantenido allí durante unos momentos interminables antes de elevarla hasta el primer clímax glorioso y estremecedor.

Todavía sentía las vibraciones del placer cuando entró en ella con un movimiento rápido y delicado.

Ella había dejado escapar un grito, pero no de dolor, sino de sorpresa y de una especie de asombro mientras lo miraba a los ojos con las pupilas dilatadas.

Ross dijo el nombre de ella con voz delicada y ronca al mismo tiempo y empezó a moverse, suavemente al principio y con un ritmo creciente después. Ella había respondido por mero instinto y siguió el ritmo con las manos aferradas a los sudorosos hombros, las piernas alrededor de sus caderas y la respiración entrecortada, casi sin aliento.

Había sentido en lo más profundo de su ser la misma presión primitiva y devastadora que había experimentado hacía unos minutos y pensó casi con temor que aquello no podía ser

Ross debió de haber notado su desconcierto y su duda momentánea.

–Cariño... no te frenes. Deja que ocurra.

Ella jadeó, dejó caer la cabeza en la almohada y una sensación arrolladora se apoderó de ella y la llevó de una convulsión a otra hasta que pensó que podía morir, hasta que en algún lugar remoto de aquel torbellino oyó el gruñido extasiado de Ross que alcanzaba su liberación.

–Ahora tendrás que casarte conmigo –le dijo él mucho tiempo después.

Ella estaba tumbada, sonriente entre sus brazos y con la cabeza apoyada en su pecho.

–¿Te extrañaría?

Ross la besó en la cabeza.

–A lo mejor no estoy seguro. A lo mejor decides que prefieres un revolcón de una noche.

–No –ella se estiró lujuriosamente–. No sería propio de mí. Además, si la vida casera es esto, yo me apunto.

Él se rio.

–Intentaré tenerla satisfecha, señora.

Ella se volvió para mirarlo y le acarició la mejilla.

–Ross... –dijo en voz baja–. Nunca había soñado que....

Ross le tomó la mano y se la llevó a los labios.

–Ni yo, cariño. Ni yo.

–Eso no puede ser verdad –el sentido común se apoderó de ella incluso en ese momento de euforia incontenible–. Has tenido que conocer muchísimas mujeres...

–Bueno, eso es verdad –dijo Ross burlonamente–. Lo raro es que haya tenido tiempo para comer, por no decir nada de ganarme la vida. En realidad, lo más probable es que haya una cola esperando fuera a que te vayas.

–Oh –ella intentó responder en el mismo tono, pero él la besó apasionadamente–. Quiero decir que tú sabías lo que esperabas –continuó con cierta dignidad cuando la soltó.

–Pero no contigo, Jenna –replicó él con delicadeza–. Una vez me dijeron que una relación sexual alcanza otra dimensión si se practica con alguien que amas y esta noche he comprobado que es verdad –volvió a besarla–. Mi chica perfecta y cariñosa –murmuró con profunda satisfacción.

Al cabo de un rato, Ross volvió a dirigirse a ella.

–¿Crees que podrías vivir aquí o prefieres buscar otro sitio que sea nuevo para los dos?

–No –contestó ella–. Creo que podría ser muy feliz aquí –se detuvo–. Naturalmente, quizá tengamos que mudarnos cuando empecemos a tener familia.

–¡Eh! –Ross parecía algo sorprendido–. Tampoco hay mucha prisa, ¿verdad? Antes tenemos que disfrutar del matrimonio.

–¿Pero quieres hijos?

Se hizo un breve silencio.

–Sí... en algún momento.

–Entonces, de acuerdo –ella suspiró de felicidad–. Todavía hay muchas cosas que no sabemos el uno del otro. Va a ser maravilloso descubrirlas.

–A lo mejor también hay alguna sorpresa desagradable –insinuó Ross burlonamente.

Ella se rio.

–Imposible –dijo ella alegremente–. Imposible.

–Entonces –dijo Ross–, como primer paso de ese viaje lleno de descubrimientos, ¿cuándo te vienes a vivir aquí? ¿Tienes que trasladar muchas cosas de tu piso actual?

Ella levantó la cabeza y lo miró fijamente.

–¿Quieres decir que quieres que viva aquí antes de casarnos?

Ross frunció el ceño.

–Sí, es lo que pensaba. ¿Tienes alguna objeción?

–No, pero seguro que mi compañera de piso sí –el tono era pesaroso–. Para empezar confía en que yo pague la mitad del alquiler. Tendría que quedarme hasta que encuentre a alguien –hizo una pausa–. Además, nunca me han gustado las mujeres que abandonan a sus amigas cuando se enamoran, y Natasha se ha portado muy bien conmigo desde que empezamos a trabajar juntas en la galería.

Se hizo un silencio incómodo y notó que el brazo que la abrazaba se ponía tenso y que Ross tenía la mirada perdida y la mandíbula apretada.

–No sabía que compartías piso –dijo.

–Pues sí. Mucha gente lo hace si quiere vivir en un sitio medio decente.

Ross se encogió de hombros.

–Es posible. Yo nunca lo he hecho –lo dijo con un tono casi brusco.

Ella se sentó.

–Ross... realmente te importa, ¿verdad?

No contestó inmediatamente.

–¿Te extraña tanto? –preguntó al fin con tranquilidad–. Quiero que estés conmigo.

–Yo también lo quiero –lo miró suplicantemente–, pero tienes que entender que no puedo abandonar a Natasha, sobre todo cuando trabajamos muy bien juntas.

–No. Supongo que no. Debería admirar tu fidelidad.

–Tú... –dijo ella lentamente–. Tú no puedes estar celoso...

–¿No? –hizo una mueca con la boca–. Quizá sea la primera sorpresa desagradable.

–Me sorprende –ella le sonrió–. Quizá debiera estar halagada.

La sonrisa de él era irónica.

–Ni siquiera puedo utilizar la excusa de que al ser hijo único no estoy acostumbrado a compartir porque tú también lo eres.

–Bueno, mi disposición a compartir tiene sus límites –ella se inclinó y lo besó–. Por ejemplo, exijo un derecho en exclusiva sobre ti y eso no es negociable –añadió con suavidad.

–Estoy deseando firmar el contrato –volvió a estrecharla contra sí con intenciones lujuriosas–. Aunque no vengas a vivir aquí –dijo delicadamente mientras paladeaba los pezones–, espero que me concedas alguna noche, o muchas.

–Sí –dijo ella–. Desde luego.

No volvió a decir nada en mucho tiempo.

Habían sido tan felices... estaban tan absortos el uno en el otro... pensó Jenna sin poder evitar un rechazo al recordarlo.

Cuando llegó a su piso por la mañana, iba flotando en una nube.

Entró sigilosamente, casi con sensación de culpa, y fue a su habitación para recoger algo de ropa interior limpia y una blusa y una falda de las que llevaba para trabajar.

Se duchó y se lavó la cabeza y estaba sentada en el tocador secándose el pelo cuando apareció Natasha en la puerta.

Se volvió y sonrió.

–Hola.

–¿Dónde te metiste anoche? –Natasha tenía los ojos clavados en ella–. De repente... desapareciste.

–Ya –ella notó que se sonrojaba y se maldijo para sus adentros–. Es verdad. Lo siento –se detuvo–. ¿Oíste el mensaje?

Natasha se encogió de hombros.

–No decía mucho.

–No –ella se mordió el labio–. Verás, me encontré accidentalmente con un amigo, alguien al que hacía mucho tiempo que no veía.

–¿En la exposición? –el tono se había vuelto cortante.

–¿Por qué...? Sí. Claro, teníamos muchas cosas que contarnos –terminó poco convincentemente.

–No me extraña –dijo suavemente Natasha con una sonrisa–. Bueno desde aquí da la sensación de que fue una reunión muy fructífera. Es más, que fue una noche para recordar.

Ella ya sabía perfectamente que su cara la traicionaba completamente: tenía los ojos velados y cansados por el sexo, la piel luminosa y los labios hinchados, pero no tenía nada de qué avergonzarse ni de qué arrepentirse. No había hecho voto de castidad y Ross era su amor y su amante.

Se sonrojó más todavía.

–No tenía intención de dejarte en la estacada con la galería.

–Simplemente, te dejaste llevar por tus sentimientos –Natasha se detuvo–. No te preocupes, creo que el señor Haville ni siquiera se dio cuenta.

–La presentación fue bien, ¿verdad? –ella pasó deliberadamente a un tema impersonal.

–Creo que sí –Natasha se encogió de hombros–. La verdad es que vendimos muchos cuadros.

–Bueno –ella apagó el secador de pelo–, de eso se trataba.

–Sí –dijo Natasha lentamente–. Claro –agarraba el cinturón de la bata con las manos–. El trabajo nos llama, será mejor que vaya a vestirme.

Se paró al llegar a la puerta,

–No pretendo criticar ni entrometerme, ¿pero no es bastante impropio de ti?

Ella se mordió el labio.

–La verdad es que no lo había planeado, si te refieres a eso –contestó ella un poco envarada–. En realidad, no tenía ni idea de que Ross fuera a estar allí, pero...

–Pero vuestros ojos se encontraron entre la multitud y eso fue todo... –había cierta mofa en la voz de Natasha.

–Sí –ella sacudió la cabeza–. Natasha... fue increíble –hizo una pausa y se lanzó sin pensarlo–. Me pidió que me casara con él.

Se hizo un silencio.

–¿Casarte? –preguntó Natasha con suavidad–. ¿Con alguien a quien no has visto en años? ¿Te has vuelto loca?

–No –contestó ella a la defensiva. Luego sacudió la cabeza–. Bueno, a lo mejor. La verdad es que no lo sé, pero estoy segura de estar enamorada y nunca he sido tan feliz.

–Y todo en una noche... –Natasha se rio con aspereza–. Ese Ross debe de ser un semental.

–No fue eso –la voz era severa–. Fue hermoso y... perfecto. Como si fuéramos la media naranja de cada uno. También es lo que siente Ross.

–Por favor, ahórrame los detalles –su compañera de piso habló con una brusquedad desacostumbrada en ella–. Lo cierto, Jenna, es que por fin te has acostado con un hombre. Me alegro de que resultara bien, pero no es suficiente para construir un futuro. Es mejor que conozcas gente, que veas qué hay por el mundo.

¿Como hacía su amiga?. Toda una serie de encuentros que no llevaban a ninguna parte aunque fingiera que no le importaba...

–Natasha –dijo con tono conciliador–, no quiero eso –sacudió la cabeza–. Tal vez yo sea una mujer de un sólo hombre.

–Si existe tal cosa... –Natasha se encogió de hombros–. Sólo espero que sepas lo que haces.

–Sí –ella levantó la barbilla–. Claro.

–Perfecto –dijo Natasha con serenidad–. Ya lo veremos –se fue de la habitación.

Ella quiso gritar que lo quería y que él la quería a ella.

En cualquier caso, la mañana había perdido parte de su resplandor. Dejó el cepillo y se miró al espejo. Vio la cara de una mujer que casi no conocía.

Con una extraña sensación de desolación, pensó que necesitaba a Ross en aquel instante para que la apoyara. Para que le dijera que todo iba a salir bien. Lo necesitaba con toda su alma.

Sin embargo, estaba sola.

Al recordarlo, Jenna podía darse cuenta de que había sido una premonición, el presagio de una trágica serie de acontecimientos.

Aunque hubiera sabido que lo que la esperaba era la infelicidad y la traición, ¿habría tenido la fuerza para romper el hechizo de Ross y alejarse de él?

Todo el mundo había intentado convencerla de que era una locura, le habían suplicado que esperara, pero ella se había negado a escuchar.

El mismo Ross le había advertido de que su matrimonio no sería una balsa de aceite. Le había mostrado su lado más oscuro y complejo. ¿Por qué no le había creído a él tampoco?

Porque estaba enamorada, se contestó con cansancio.

Aquello había sido una solemne tontería, pero ya era mayor y había aprendido y nunca volvería a cometer aquel error. Lo prometía.

Capítulo 4

UN golpe repentino en el costado del coche hizo que volviera a la realidad. Se asustó y miró hacia la ventanilla con el corazón en un puño. El único policía de tráfico de Polcarrow le indicaba que ya había consumido su tiempo de aparcamiento.

Dios mío, se dijo entre aliviada e impresionada. Había estado veinte minutos allí. Debía de haberse vuelto loca.

Asintió con la cabeza al policía y encendió el motor.

Decidió dar un rodeo para no pasar por delante de la casa de Thirza. Quizá fuera una solución cobarde, pero no iba a arriesgarse a encontrarse otra vez con Ross. No era el momento. Se sentía demasiado vulnerable después del poco acertado viaje al pasado.

Llegó al cruce en lo alto de la colina y, a regañadientes, tomó la desviación que llevaba a Trevarne House, cuando su instinto le decía que fuera en dirección contraria.

¿Qué diría cuando tía Grace le preguntara, como era seguro que haría, si se había encontrado con alguien en el pueblo?

No tenía sentido decir mentirijillas o fingir. Pronto se sabría que se había encontrado con Ross.

Si se hubiera encontrado con Ross en Londres, a nadie le habría importado, salvo a ella, y habría podido lidiarlo mejor. ¿O no? ¿O estaba engañándose? ¿Acaso no le habría provocado los mismos recuerdos desdichados e inevitables?

¿Cuánto tardaría en conseguir olvidar, en pasar para

siempre la página de su breve y apasionado matrimonio y la pesadilla de desilusión que lo siguió?

Después de todo, acababa de demostrarse con toda certeza que conservaba completamente vivos en su cabeza todos los detalles de su relación.

Pasaría la boda lo mejor que pudiera. Luego se iría a algún sitio y volvería a empezar el proceso de cicatrizar las heridas.

Encontraría la forma de hacerse con las riendas de la situación definitivamente y lo conseguiría. No tenía otra alternativa, salvo la desesperación, y no iba a consentirlo. Ya había pasado por eso y no iba a hacerlo otra vez, no podía hacerlo otra vez.

Sobre todo cuando Ross había dejado claro que había superado su relación y había empezado una vida nueva.

Intentó animarse al acordarse de que el interrogatorio de la comida se vería moderado por la presencia de Adrian y del desconocido Tim. Su posible salvador. Por lo menos, alguien en quien centrar su atención durante unas horas esenciales.

Alguien con quien charlar, reír y bailar durante la boda. Alguien con quien fingir despreocupación e incluso una disposición favorable.

Además, confiaba en que las exigencias de hospitalidad distrajeran la atención de su tía sobre su pelo rapado; la llegada del novio y del padrino del novio harían que la boda acaparara toda la conversación.

Los últimos días previos a su matrimonio habían pasado inmersos en una especie de nebulosa en la que flotaba como en un sueño sin poder pensar en otra cosa que no fuera el momento en el que ella pertenecería a Ross para siempre.

No la habían alterado ni los nervios ni las dudas de última hora, aunque la familia y los amigos habían expresado claramente su angustia y les habían pedido a los dos que alargaran el noviazgo.

–¿Por qué íbamos a esperar? –le había preguntado al

tío Henry–. Yo creía que por lo menos tú lo entenderías. Creía que Ross te caía bien.

–Así es –se quedó un momento en silencio con el ceño levemente fruncido–, pero no estoy seguro de que los dos busquéis lo mismo en el matrimonio. Al menos por el momento. Tú quieres formar un hogar y tener una familia con el hombre que amas.

–¿Te parece mal? –preguntó ella dolida.

–No –contestó él–, pero me parece que Ross sólo te quiere a ti y eso no es lo mismo en absoluto.

Para aumentar su tristeza, Natasha no iba a ir porque estaba pasando el fin de semana en Viena. Se había disculpado alegando que tenía el viaje reservado desde hacía mucho tiempo, pero no la convenció. Después de la primera mañana, Natasha no había vuelto a expresar en voz alta su desacuerdo, pero ella lo sentía cada vez que estaba con ella.

Todo ello había creado una situación que, por primera vez desde que se conocían, rozaba el resentimiento.

Se recordó que podía deberse a que la vida sentimental de su compañera de piso tampoco pasaba por su mejor momento. Un día le había oído hablar por teléfono en voz baja pero intensa.

–¿Cómo te atreves a tratarme así? No voy a permitir que me dejes a un lado –había dicho.

Ella, incómoda, se había esfumado.

Nunca había conseguido comprender por qué Natasha no tenía a nadie fijo en su vida. Era guapa e inteligente, pero aunque salía con muchos hombres, ninguno se convertía en una pareja estable.

Una vez le preguntó qué buscaba en un hombre y ella se había encogido de hombros.

–Cuando lo encuentre –le respondió–, te lo comunicaré.

Al principio había deseado con toda su alma que Ross y Natasha se conocieran y había contado con que se caerían bien, aunque sólo fuera por ella.

Sin embargo, nada de eso pasó. Cuando se conocieron, la sensación de animadversión fue evidente. Ante su asombro, se comportaron como dos perros que dan vueltas preparando el ataque. Las cosas nunca mejoraron entre ellos.

En un intento desesperado por limar las tiranteces, había organizado una cena y Ross llevó a Seb Lithgow, un periodista amigo suyo, pero volvió a ser otra velada llena de conversaciones forzadas y silencios incómodos.

—No quiero más cenas como esta —le dijo Ross cuando estuvieron solos.

—Lo sé... ha sido espantoso —lo abrazó con el rostro apenado—, pero Natasha está de un humor muy raro últimamente. Al parecer no me encuentra una sustituta.

Ella había esperado una réplica mordaz, pero él no dijo nada. Sin embargo, cuando levantó los ojos para mirarlo, comprobó que tenía una expresión casi lúgubre.

Retrospectivamente podía entender la razón de ese conflicto entre ellas.

Natasha debió de intuir desde el primer día que acabaría destrozándole el corazón.

Sin embargo, cuando todo ocurrió, nunca le dijo que ya se lo había advertido y ella se lo agradecía muchísimo.

Entró en el camino de gravilla que llevaba a la casa y aparcó junto al Porsche de Adrian.

Abrió la puerta y entró como si no pasara nada.

Adrian fue el primero en verla. Fue hacia ella con una amplia sonrisa, la levantó del suelo y la besó sonoramente.

—¡Qué cambio! —exclamó mientras volvía a dejarla en el suelo—. Muy moderno. ¿A qué se debe?

Jenna se pasó la mano por la cabeza con timidez.

—Me pareció que era un cambio que había pospuesto demasiado tiempo, eso es todo.

—Vaya, es fantástico —le dijo Christy mientras se unía a ellos y le daba una copa de jerez—. Te hace más joven, si eso es posible.

Jenna se volvió hacia su tía.

–Ves, tía Grace. El pelo corto me favorece.

–Si tú lo dices, querida... –replicó su tía–. Estoy segura de que tienes tus motivos para habértelo cortado y, además, ya volverá a crecer.

Jenna intercambió una mirada de resignación con Christy y miró alrededor de la sala.

–Adrian, ¿dónde está ese amigo tuyo que tengo que conocer?

–Tendrás que esperar hasta mañana –contestó alegremente Adrian–. Ayer no se encontraba muy bien y ha decidido esperar un día más.

–Debió de ser una despedida de soltero tremenda –bromeó Jenna.

Adrian sacudió la cabeza.

–En absoluto. Tuvimos una cena tranquila y no creo que Tim bebiera demasiado. A no ser que volviera a empezar cuando nos fuimos –añadió con el ceño fruncido–, pero me ha jurado que tomará el primer tren y que estará aquí para el ensayo de mañana por la tarde, con resaca o sin ella –sonrió a Jenna–. Te he puesto por las nubes, así que está deseando conocerte.

Jenna esbozó una sonrisa forzada.

–Resulta prometedor.

Como había previsto, durante la comida sólo se habló de la boda y después Adrian recogió del coche un montón de regalos de boda, los abrieron, los admiraron y los dejaron con los demás en la salita contigua.

–Tenéis unas cosas preciosas –dijo la señora Penloe–, y muchas –añadió con cierta preocupación–. Los dos deberíais sentaros esta tarde y hacer una lista por si se pierde alguna tarjeta entre tanto barullo.

Jenna miró a Adrian y contuvo una sonrisa.

–¿Por qué no me ocupo yo? –propuso–. Tú puedes llevar a Christy a dar un paseo y disfrutar de la calma antes de la tormenta.

Adrian le sonrió.

–Eres un encanto.

Jenna, al ver a su tía ir de un lado a otro con un montón de papeles en las manos y las gafas colgando del cuello mientras farfullaba palabras ininteligibles, comprendió con cariño que estaba en su elemento.

Naturalmente, ya la había visto antes en acción, se recordó mientras entraba en la salita para empezar la lista.

Su tía había cambiado de actitud en cuanto comprendió que nada detendría su boda con Ross.

Ella estaba dispuesta a casarse en el registro civil de Londres, pero su tía se había plantado con una firmeza que no admitía discusión.

–Jenna –había dicho– se casará en la parroquia de su pueblo.

Desde entonces había observado con admiración cómo su tía Grace se peleaba con el pastelero para que hiciera la tarta, se ponía en contacto con la floristería, encontraba una empresa de servicios de banquetes que tenía un hueco en su calendario y la mandaba con Christy a una elegante boutique para hacerse el vestido.

No había habido tiempo para un banquete por todo lo alto con baile por la noche porque había que celebrar la boda entre dos encargos fotográficos que Ross ya tenía comprometidos y tenían que tomar el transbordador de esa misma tarde para la breve luna de miel que iban a pasar en Bretaña.

El día anterior lo habían pasado juntos viendo cómo levantaban en el jardín la carpa de rayas azules y blancas.

–Sabe Dios de dónde la habrá sacado la tía Grace, pero es preciosa, ¿verdad? –se abrazó a Ross–. Parece una de esas carpas que había en los torneos medievales.

–Espero que no pretendas que llegué a la iglesia montado a caballo y con una lanza –dijo Ross con una sonrisa en los labios.

–No, a menos que quieras estropear todo lo que ha preparado la tía Grace y que se convierta en un dragón

–se detuvo un instante–. Si viviéramos en aquellos tiempos, ¿lucharías por mí?

La besó en el pelo.

–Contra todo el mundo.

Yo le creí, pensó Jenna. Pensé que seríamos el uno del otro para siempre. Tenía una confianza completa.

Recordaba que Thirza la había llamado para ir a verla esa tarde y que llevaba un vestido de seda muy llamativo con uno de sus exóticos diseños y un estuche de cuero.

–No sé si crees partidaria de las supersticiones –le dijo la madrastra de Ross–, pero te he traído algo viejo.

Ella se quedó boquiabierta cuando abrió el estuche y vio el collar de perlas sobre el terciopelo.

–Es maravilloso. ¿Cómo vas a deshacerte de él?

Thirza se encogió de hombros.

–No es de mi estilo. Además, era de la madre de Ross y hace tiempo que decidí guardarlo para su mujer.

Ella lo tocó casi con reverencia.

–Sinceramente no sé qué decir. No sé cómo agradecértelo.

–Hazlo feliz –dijo ella bruscamente–. Si puedes.

–Claro que lo haré –balbució ella.

–Estoy segura de que lo piensas –replicó la mujer con algo más de amabilidad–, pero ambos vais a necesitar bastante adaptación y no va a ser fácil –hizo una pausa–. Ross me ha comentado que va a dejar los encargos en el extranjero y que va a ocuparse de la agencia desde Londres. Eso es un sacrifico muy grande.

Ella levantó la barbilla.

–Ha sido una idea suya. Yo no se lo he pedido.

–No, pero tampoco la dijiste que no lo hiciera –objetó Thirza vigorosamente–. Jenna, ya sé que perdiste a tu padre, lo cual lamento sinceramente, pero no puedes compensarlo manteniendo a Ross en casa. Además, él tampoco es un sustituto.

Ella se mordió el labio.

–No se me había ocurrido tal cosa.

–Me alegro de oírlo, pero, por favor, medita lo que acabo de decirte. Todavía puede cambiar de parecer.

–Es una decisión de Ross –se defendió ella.

Thirza suspiró.

–Como quieras, pero harías mejor en permitir que Ross fuera libre ahora, mientras todavía vuela alto. Tendrá más ganas de sentar la cabeza si no le cortas las alas.

–¿Por qué no se lo dices a él?

–Ya se lo he dicho –Thirza esbozó una sonrisa forzada–. Ahora que me he buscado tu enemistad definitiva por el mejor de los motivos, será mejor que me vaya antes de que me eches. Disfruta mañana. Estoy segura de que serás una novia maravillosa.

Se marchó y ella se quedó con la mirada clavada en su espalda.

Quizá tuviera razón. Tal vez hubiera intentado atarlo a la vida casera demasiado pronto, pero si no lo hubiera hecho, seguramente habría sido infiel mucho antes.

Quizá esas fueran las adaptaciones que le dijo que tendría que hacer. Pero ella no quería hacerlas. No podía.

Desde luego, no cuando se encontraba tan decaída por la pérdida del bebé.

El hijo que Ross ni siquiera había querido.

Debería haber recordado que las perlas representan lágrimas y haberlas dejado en su estuche.

Sintió un nudo en la garganta y buscó un pañuelo en el bolsillo para sonarse la nariz.

Era un disparate revivir todo eso, se dijo atenazada por la tristeza. No veía el momento de abandonar ese lugar y sus recuerdos para volver al mundo real.

Esa noche no cenarían en casa. Iban a ir con Adrian al Fisherman's Arms en Polcarrow, donde Tim y él se alojarían hasta la boda.

Jenna se había dado un baño relajante y se había puesto su loción corporal favorita. Se maquilló poco y se puso unos de sus trajes preferidos y sobre los hombros se echó un chal plateado.

—Como un duende —le dijo Christy al verla—. Es una pena que no esté Tim para volverlo loco.

—Ah, ya no estoy para cuentos de hadas —dijo Jenna despreocupadamente—. ¿Has pasado una buena tarde?

Christy se sonrojó, lo que seguramente quería decir que el paseo no había llegado más lejos de la habitación de Adrian.

—Se podría decir que sí. Esperó que mamá no se haya puesto muy pesada con todo.

—Me ha encontrado bastantes tareas —reconoció Jenna—, pero por lo menos no me he aburrido.

El hotel era un sitio muy concurrido a la hora de la cena y casi todas las mesas estaban ocupadas cuando el grupo de Trevarne llegó; su mesa estaba junto al ventanal que daba al puerto.

Adrian había encargado que hubiera una cubitera con champán esperándolos.

—Qué espléndido —comentó la señora Penloe rebosante de felicidad mientras se sentaba a la mesa—. Vas a acostumbrarnos mal, querido.

—Hay que celebrarlo —replicó Adrian mientras el camarero descorchaba la botella y servía las copas—. Estamos todos juntos y por el mejor de los motivos. Brindemos por ello.

—No estamos todos —objetó Christy—. Recuerda que Tim no está.

—De acuerdo —concedió el novio sin inmutarse—. Brindaremos por los amigos ausentes.

Las palabras produjeron un escalofrío en la espina dorsal de Jenna.

—No, no, eso no —la voz le salió aguda y un poco quebradiza. Se sonrojó cuando todos la miraron con gesto de sorpresa—. Quiero decir... podemos brindar por eso más tarde, pero primero prefiero brindar por Christy y por ti —siguió un poco balbuciente—. Por... vuestra felicidad.

–Que así sea –dijo su tío con calma–. Por Christy y Adrian. Que el amor sea duradero y la vida les sonría.

Estaba describiendo su propio matrimonio, se dijo Jenna con un nudo en la garganta. Un cariño que había permanecido inalterado durante años.

Lo que hacía que su fracaso matrimonial fuera más profundo en comparación.

No había ido allí para ser una aguafiestas, se recordó, sino para disfrutar de la cena y de la compañía. El champán siempre era un buen principio, se dijo mientras notaba el frescor en la garganta reseca y aceptaba el menú que le entregaban.

En ese momento notó cierta agitación en el restaurante y levantó la cabeza.

Se quedó clavada y apretó el menú con los puños hasta que los nudillos se le pusieron blancos. Thirza se abría paso por el restaurante con Ross a dos pasos por detrás.

Echó una rápida ojeada y vio que sus tíos intercambiaban unas miradas de espanto y que Christy estaba como paralizada con el labio inferior entre los dientes mientras Adrian decía algo en voz baja.

Sólo había una mesa libre en el restaurante y, afortunadamente, estaba en la esquina opuesta de la habitación.

El corazón empezó a latirle como una locomotora cuando Thirza cambió repentinamente de dirección y se acercó a la mesa. Estaba magnífica con un vestido añil hasta los tobillos y una chaqueta suelta. Ross se quedó a unos metros con aire sombrío y una mirada indescifrable.

–Henry... Grace... qué sorpresa tan maravillosa –la frase se oyó en todo el restaurante–. Una reunión familiar... ¿Qué tal estás, Christy? Tienes buen aspecto, Adrian... –hizo una pausa–. Buenas noches, Jenna.

Hubo un desordenado coro de respuestas.

–Thirza, querida –Henry Penloe se había levantado educadamente–. Cómo me alegro de verte. No sabía que frecuentaras este sitio.

–No lo hago, pero me ha parecido que el pobre Ross necesitaba descansar un poco de mi comida –se reía entre amplios gestos. Se hizo otro silencio y Jenna se sintió como si estuviera al borde de un precipicio.

–Veo que la mesa está preparada para seis –dijo Thirza con una sonrisa–. ¿Esperáis a alguien?

–Esperábamos –contestó el tío Henry–. A un amigo de Adrian, pero desgraciadamente se ha retrasado hasta mañana.

–Entonces, podríamos pedirle a Carlo que ponga otro servicio y sentarnos con vosotros. Al fin y al cabo, somos de la familia, no lo olvidéis.

Thirza lo había planteado muy hábilmente y los Penloe no podían rechazarlo. Pero, ¿por qué? ¿Por qué? Se preguntaba Jenna.

Christy se levantó.

–Naturalmente –exclamó despreocupadamente–. Si nos movemos un poco, habrá sitio para todos.

Jenna se encontró vulnerable con Ross sentado enfrente de ella.

Sin embargo, aparte de una fría sonrisa y un saludo que murmuró mientras se sentaba, no le prestó ninguna atención y charló con aparente comodidad con Christy y la señora Penloe.

Thirza no permitió que se produjera ni un silencio incómodo. Desde el principio había decidido ser el alma de la reunión y no paró de hablar y reírse del viaje a Australia.

–Lo siento, Jenna –le dijo Adrian en voz baja mientras Thirza describía vigorosamente Alice Springs.

–No es culpa tuya. Mi tío dice que Thirza es una fuerza de la naturaleza.

–Seguro que tiene razón, pero no me refería a ella sino a tu ex marido.

–Bueno, no te preocupes por él –Jenna sonrió forzadamente–. ¿No te ha dicho Christy que hemos declarado una tregua mientras dure la boda?

–Algo me dijo, pero me sonó poco convincente.

–Ah. Te aseguro que es completamente cierto –se encogió de hombros–. Además, ya no me importa que Ross esté cerca. Ya lo he superado.

–¿De verdad? –la sonrisa de Adrian era bastante escéptica–. Lo que tú digas...

Jenna podía notar que Ross la miraba entre los candelabros y las flores que había en el centro de la mesa. Podía sentir claramente que tenía los ojos clavados en ella, que la miraba al rostro y luego bajaba la mirada hacia el nacimiento de los pechos justo por encima del escote del vestido, como había hecho muchas veces antes. En ese momento, como en los otros, notaba que la piel le ardía.

¿Qué demonios creía que estaba haciendo?, se enfureció para sus adentros. O era un gesto reflejo cuando se sentaba enfrente de una mujer, de cualquier mujer.

Fuera cual fuese el motivo, no estaba jugando limpiamente, pero eso tampoco era ninguna novedad, se dijo con amargura.

La mejor reacción, la única, era mantenerse indiferente a su atención, pero eso era más fácil decirlo que hacerlo porque volvía a notar ese anhelo interior que ya conocía y tanto la alteraba. Una reacción que él siempre había sido capaz de provocar, incluso cuando la relación estaba deshaciéndose.

Cuando llegaron los menús de postres, dijo sinceramente que no podía comer nada más y le fastidió darse cuenta de que Ross pedía la tabla de quesos.

–Me encanta verlo comer otra vez –dijo Thirza–. Tiene que recuperar la fuerza después de esa espantosa enfermedad –añadió mientras miraba alrededor como si desafiara a que le llevaran la contraria.

–¿Hasta cuándo piensas quedarte en Cornualles, Ross? –le preguntó el señor Penloe.

–La semana que viene voy a ver al médico –contestó Ross–. En cuanto me dé su visto bueno, podré empezar a terminar mis planes.

–Debes de estar deseando volver a trabajar –comentó Christy.

Ross sonrió con frialdad.

–Claro, pero eso sólo es una parte –hizo una pausa–. Espero casarme muy pronto.

Se hizo un silencio ensordecedor. Por debajo del mantel, Jenna se clavó las uñas en las manos con tanta fuerza, que estuvo a punto de gritar de dolor.

Se dio cuenta de que todo el mundo la miraba con curiosidad. Todo el mundo menos Ross, que estaba apoyado en el respaldo de la silla y la miraba desafiantemente con los ojos oscuros y serios.

Un desafío que ella tenía que aceptar rápidamente.

–Enhorabuena –dijo Jenna con tono alegre, casi divertido–. Tus planes no eran tan concretos cuando los mencionaste esta mañana. Es un buen paso adelante...

–El mundo es un sitio muy incierto –dijo él–. La vida puede ser corta. Así que... lo he hablado con ella y hemos tomado la decisión.

–Es una noticia muy buena –las palabras le rasgaron la garganta como si fueran cuchillos. Levantó la copa–. Para que la segunda vez tengamos más suerte –hizo una pausa–. Los dos.

–Pero, Jenna... –Christy tenía la cara desencajada–. ¿Has conocido a alguien? Es maravilloso. No habías dicho nada.

–Llevamos poco tiempo. Además, estoy disfrutando de mi vida de soltera y no tengo intención de volverme a casar –se encontró con la mirada de Ross.

Estaba mintiendo descaradamente. Intentaba protegerse de la devastadora verdad que le había explotado en la cabeza; se había dado cuenta de que, a pesar de todo lo que había pasado entre ellos, de la tristeza y traición en su relación, era una mujer de un solo hombre y siempre lo sería y Ross, que el cielo se apiadara de ella, era el único hombre que desearía en su vida.

Un hombre al que había perdido para siempre.

Capítulo 5

JENNA nunca llegó a saber cómo había conseguido terminar aquella cena, pero charló y rio y aceptó probar los postres de los demás cuando lo que quería hacer en realidad era encerrarse en algún sitio oscuro.

¿Cómo era posible que siguiera importándole alguien que había sido un canalla con ella? se preguntó con incredulidad.

Se dijo que debía de ser un espejismo. Que al volver a ver a Ross tan repentinamente había sufrido una especie de conmoción que la había trastornado.

Además, sí, lo deseaba físicamente. Era algo que no podía negarse más.

Hacer el amor con él le había producido un anhelo abrasador y llevaba mucho tiempo sin tener relaciones sexuales. En ese momento, había descubierto para su desgracia que el fuego volvía a arder con sólo estar cerca de él.

Esa noche lo había mirado sentado enfrente de ella con el traje oscuro y la corbata de seda y se lo había imaginado desnudo, inclinado sobre ella con los ojos velados por la pasión y la boca ardiente que la besaba en un largo y dulce preludio a la posesión.

Durante aquellos primeros meses de amor, había llegado a conocer el cuerpo de Ross como el suyo propio y sus manos lo habían memorizado con un júbilo arrebatador, lo habían recorrido hasta hacerlo jadear débilmente por el deseo y la excitación.

En ese momento, una desconocida sería la que se arquearía bajo él y gritaría en el clímax. Otra tendría su hijo y él nunca volvería a acordarse de que una vez hubo otra mujer esperando un hijo suyo.

Para ella era un dolor omnipresente.

Seguía con las uñas clavadas en las palmas de las manos y pensó que tenía que marcharse de allí; que quería estar sola, pero eso era casi imposible. Cuando volvieran a Trevarne House, tanto Christy como la tía Grace estarían deseando comentar la velada y la sorprendente revelación de Ross.

Tendría que fingir que no le importaba y que era un paso positivo para ella. Sin embargo, ¿hasta cuándo sería capaz de mantener la farsa si estaba destrozada emocionalmente?

También, se dijo con pena, tendría que reconocer a los Penloe que en realidad no había nadie en su vida y que lo que había dejado caer no había sido más que un mero intento de salvar la dignidad.

Le alegró ver que su tío se hacía cargo de la factura, pero se alegró menos al ver que Ross la interceptaba y dejaba su tarjeta de crédito en la bandeja.

–No. Insisto –sonreía un poco forzadamente mientras Adrian y el señor Penloe protestaban–. Al fin y al cabo nos hemos entrometido en una celebración familiar.

Jenna pensó con una punzada de dolor que había dejado muy claro que, dijera lo que dijese Thirza, él ya no se consideraba de la familia desde el divorcio.

Se quedó un poco rezagada mientras salían del restaurante y esperó discretamente mientras todos se despedían. Sin embargo, cualquier esperanza de una despedida rápida se esfumó cuando el camarero le dijo a Adrian que tenía una llamada de teléfono.

Ante su espanto, vio que Ross se dirigía hacia ella

–Quería darte las gracias –le dijo bruscamente–. Tus comentarios fueron... generosos –hizo una pausa–. Quizá la tregua pudiera seguir después de la boda. ¿Qué te parece?

–No veo la necesidad –Jenna lo miró a los ojos con frialdad–. Creo que es mejor que cada uno siga por su lado sin más.

–Algunas parejas divorciadas consiguen seguir siendo amigos –replicó Ross inmediatamente–. A nadie le sobran los amigos, Jenna.

Jenna sacudió la cabeza y miró por encima del hombro de Ross al ver que Adrian salía de la cabina telefónica con un gesto contrariado.

–Nunca fuimos amigos, Ross. Quizá eso fuera parte del problema.

–Ah –comentó Ross delicadamente–. El problema. Cuántos pecados abarca eso –hizo una pausa–. Sabes una cosa, Jenna. Un día, pronto, me gustaría quedar contigo para repasar todo lo que nos pasó. A veces puede ser útil una mirada retrospectiva, ¿no te parece?

–No –contestó escuetamente–. No lo creo. La historia nunca ha sido una de mis asignaturas favoritas.

Ross sonrió débilmente.

–¿Eso es lo que somos?

–Desde luego –contesto Jenna–. Ya es hora de avanzar y de mirar hacia delante y no hacia atrás; de seguir con nuestras vidas.

Tenía que decirlo una y otra vez, se dijo Jenna, repetirlo constantemente y quizá un día llegara a tener un significado.

–Es difícil cuando hay tantos asuntos sin resolver –objetó Ross.

–Considéralo resuelto. Yo perdí un hijo y tú tuviste una aventura –se encogió de hombros–. Fin de la historia.

–Acabo de decirte que habías sido generosa –dijo Ross lentamente–, pero al parecer es una virtud que reservas para cuando estás en público.

–Y no va a haber muchas ocasiones de esas –Jenna levantó la barbilla–. Una vez que Christy y Adrian se hayan casado, no volveremos a encontrarnos.

–Eso si hay boda –comentó Ross con el ceño fruncido–. Algo está pasando y tu prima está llorando.

–Dios mío, es verdad –Jenna corrió junto a Christy –.
Querida... ¿qué pasa?

–Tim... –contestó Adrian que rodeaba con el brazo a
su novia–. Ha llamado su madre. Al parecer no tenía resaca. Tiene varicela y no puede venir a la boda –intentó
esbozar una sonrisa–. Así que en estos momentos no tengo padrino.

Querido... –intervino la señora Penloe–. Seguro que
alguno de tus otros amigos...

Adrian se encogió de hombros con tristeza.

–Es posible, pero es un lío pedírselo a alguien a última hora. Está el discurso, por ejemplo. Podría llamar a
alguien por la mañana, pero seguro que ya están de camino –sacudió la cabeza–. Menos mal que me traje yo
los anillos –sacó un pañuelo y empezó a secar las lágrimas de Christy–. No llores, cariño. Se nos ocurrirá algo,
te lo prometo.

–Ross puede hacerlo –dijo Thirza.

Se hizo un silencio sepulcral.

Jenna sintió como un estruendo en los oídos. La palabra «no» se abría camino con tanta fuerza en su interior
que pensó que podía haberla gritado.

Sin embargo, fue la tía Grace quien habló.

–No lo creo, querida Thirza –dijo con una frialdad
desacostumbrada en ella–. Como dijiste en la cena, Ross
está recuperándose de una enfermedad grave y no va a
querer tener tantas responsabilidades tan pronto.

Ross miró a Jenna con una mueca sardónica.

–No creo que vaya a suponer una recaída –replicó
Ross con frialdad–, pero le agradezco su preocupación,
señora Penloe –hizo una pausa–. La verdad es que me
encantaría hacerlo, si Adrian acepta.

–Naturalmente que acepta –dijo Thirza impaciente-
mente–. Es evidente que es la única solución.

–El chaqué –la tía Grace seguía resistiendo con valentía–. ¿Qué vamos a hacer? A no ser que por alguna extraña coincidencia tenga uno... –añadió con cierta intención.

–No soy tan previsor –dijo Ross burlonamente–, pero puedo alquilarlo. Eso no es ningún problema.

–La verdad es que yo me he traído el traje de Tim –dijo Adrian lentamente– y me parece que tenéis una talla parecida. Puedes probártelo.

–A mí me parece bien –Ross recorrió con la mirada el atónito semicírculo que tenía delante–. Salvo que haya alguien que tenga alguna objeción.

Jenna intervino antes de que la tía Grace volviera al ataque. Estaba atrapada y lo sabía, como lo sabía él.

–Al contrario, parece la solución perfecta –dijo mientras incluso esbozaba una sonrisa–. Es muy amable por tu parte cubrir la ausencia.

–Créeme, será un placer –Ross le devolvió el cumplido delicadamente antes de volverse hacia Adrian–. ¿Echamos una ojeada al traje por si tengo que ir a una tienda de alquiler?

–Eh... sí. Claro –Adrian besó fugazmente a Christy con una mirada de ansiedad–. Hasta mañana, querida.

Ross y Adrian fueron hacia la escalera.

Jenna y Thirza se quedaron momentáneamente solas y las miradas se encontraron.

–¿Qué te proponías hacer esta noche? –le preguntó Jenna nerviosamente.

–Dejar claras algunas cosas –el tono de Thirza era cortante–. Ya estoy cansada de ver que a mi hijastro se le trata como a un paria mientras todo el mundo te mira como si fueses la pobre víctima.

Jenna se mordió el labio inferior.

–Yo no fui quien destrozó el matrimonio. Yo no fui quien tuvo una aventura.

–No excuso lo que hizo Ross –el gesto de Thirza se crispó–, pero el matrimonio tenía problemas mucho antes de que él te engañara. Princesa, la próxima vez, piénsatelo antes de exhibir tu agravio y tu ofensa.

–Siempre te has puesto de su lado –dijo Jenna entre dientes.

La mujer se encogió de hombros.

–Alguien tenía que hacerlo –replicó Thirza abruptamente–. ¿Por qué no fuiste tú, Jenna?

Se dio la vuelta y se fue al bar dejando a Jenna pálida y atónita.

Jenna se sentó junto a la ventana de su dormitorio. Quería dormir. Necesitaba dormir, pero sabía que no conseguiría hacerlo. Al menos mientras tuviera tantas cosas en la cabeza.

¿Cómo se atrevía Thirza? ¿Cómo se atrevía a insinuar que había sido culpa suya?

No había dicho nada durante el viaje de vuelta, pero la tía Grace se había ocupado de hablar por todos al quejarse amargamente de lo que había llamado la «desvergonzada intromisión».

–Ahora, Ross será el padrino del novio –había añadido con furia–. ¿Qué puede estar pensando Adrian?

–Lo difícil que sería encontrar a otro padrino del novio con tan poco tiempo –contestó Christy con desolación–. Hasta yo me doy cuenta. Además, si Jenna dice que no le importa, ¿por qué iba a importarnos a nosotros?

Una vez de vuelta en la casa, Jenna tomó café con los demás y escuchó sus lamentaciones en silencio durante un rato, luego bostezó varias veces, dijo que se moría de sueño y subió a su habitación.

Se encontró con el tío Henry en el descansillo. Iba a pasar de largo con un «buenas noches» rutinario, pero él la detuvo tomándola delicadamente del brazo.

–Jenna, querida –el tono era muy amable–. Si quieres, seguramente podrías evitar esta situación.

–No quiero –lo dijo demasiado rápidamente–. Ross y yo vamos a demostrar a todo el mundo, de una vez por todas, que hemos decidido dejar atrás nuestras... diferencias.

–¿Para ser buenos amigos? –la miró con una expresión burlona.

Jenna dudó.

–Buenos, quizá no tanto, pero tal vez podamos conseguir que las diferencias se conviertan en indiferencia. Sería un paso positivo.

–¿Eso es también lo que quiere Ross?

Jenna se mordió el labio.

–No tengo ni idea de lo que quiere Ross.

El señor Penloe suspiró levemente.

–No, seguramente, no, pero es algo que a lo mejor deberías plantearte... incluso ahora, cuando ya es tan tarde.

Le dio una palmada en el hombro y siguió hacia su habitación.

Jenna entró en el dormitorio con el ceño fruncido. ¿El tío Henry también le insinuaba que ella no había sido completamente inocente en la ruptura de su matrimonio? Seguramente, no, se contestó desconcertada.

Se desvistió, se puso el camisón y la bata, pero no se acostó. Aunque apagó la luz para dar la impresión de que estaba dormida y así evitar que se presentara alguna visita de última hora.

Desde la ruptura de su matrimonio, aparte del embrollo, la amargura y la tristeza, había llegado a convencerse de que odiaba a Ross y que lo odiaría para siempre. Eso había sido su coraza y su salvación durante meses. Sin embargo, a la hora de la verdad, no la había protegido de nada.

Se odiaba por seguir deseándolo, se dijo mientras se abrazaba el cuerpo tembloroso. Sobre todo cuando estaba convencida de que ese deseo no era correspondido. Aunque, seguramente, siempre hubiera sido así...

Desde el principio se había dicho que perdonar a Ross era imposible, como lo era olvidar.

Cuando se enfrentó a Ross y lo acusó de haberse acostado con Lisa Weston, ella había esperado que él lo negara. Había rezado para que le demostrara su inocencia.

Sin embargo, él lo reconoció fría y sinceramente, lo lamentó, pero no dio ninguna excusa y la dejó completamente sorprendida.

Cuando, aturdida y humillada, le ordenó entre sollozos que se fuera de la casa y de su vida, él se fue sin una queja.

Se dijo que volvería a los pocos días para pedirle otra oportunidad y que ella no se la daría, independientemente de lo mucho que se lo suplicara; que lo justo era que él sufriera tanto como estaba sufriendo ella.

Pero él no volvió, y la certeza de que no había sido un desliz aislado y que él ya estaría con su amante hizo más profunda la herida. Tuvo que afrontar el hecho de que se había engañado a sí misma; que su matrimonio había terminado nada más empezar; que todas las advertencias habían estado plenamente justificadas.

Ella había pensado sinceramente que eran felices; al menos hasta que perdieron el bebé.

Naturalmente, no coincidían en todo, ¿pero quién lo hace? Había pensado que eso era aprender a convivir.

Si era sincera, tenía que reconocer que Ross había sido un enigma desde el principio. Había muchas partes de su vida que él había decidido no revelarle, al menos no inmediatamente.

Él era muy joven cuando su madre murió, pero, por algunos comentarios, ella había deducido que la relación entre sus padres había sido tormentosa y que él lo había notado claramente y que, cuando al cabo de unos dos años, se encontró con Thirza de madrastra, todo siguió igual.

Ella se había enterado de que el padre de Ross había sido un mujeriego y un jugador empedernido y que por eso los abuelos maternos de Ross se habían peleado con su hija Marina cuando se casó.

Sin embargo, Ross consiguió a través de ellos la vieja casa en la costa de Bretaña donde pasaron la breve e idílica luna de miel.

–Mi bisabuelo fue pescador y mi abuela Marianne su única hija–le había contado Ross–. Conoció a mi abuelo durante la guerra, cuando él estaba en Operaciones Especiales y ella ayudaba a la Resistencia.

Ella abrió los ojos como platos.

–¡Qué romántico!

–Lo dudo –dijo Ross–. Yo diría que era peligroso y aterrador, pero cuando terminó la guerra, él vino a buscarla y, cuando ella heredó la casa, la utilizaban como sitio de vacaciones.

–Y luego te la dejaron a ti... su único nieto.

Ross se encogió de hombros.

–Según la ley francesa no tenían muchas alternativas.

–Pero ¿te reconciliaste con ellos después de la muerte de tu padre?

–En cierta medida, pero nunca llegamos a tener una relación muy afectiva. Habían pasado demasiadas cosas en el pasado y ellos no necesitaban a nadie más. Estuvieron enamorados toda su vida y se bastaban el uno con el otro.

–Es... maravilloso, ¿verdad?

–¿Te lo parece? –Ross hizo una mueca con la boca.

–Sí –contestó ella–. Claro. Nosotros haremos lo mismo.

–¿Realmente crees que puede caer la lotería dos veces en la misma familia?

–Estoy segura –lo dijo con tono desafiante.

–Si tú lo dices... –la besó en los labios–. Pobre Jenna. Quieres que el mundo sea inmaculado y que no haya esqueletos en los armarios. No es así; no puede ser así.

Ella suspiró.

–Te estás riendo de mí. ¿Hablas de ti mismo? ¿Tienes algún esqueleto en tu armario?

–Docenas –la atrajo contra sí y la besó con anhelo–. Así que ten cuidado con las puertas que abres, amor mío.

Jenna hizo un gesto de tristeza y pensó que había sido tan tonta al creer que estaba bromeando…

La ceremonia de su boda había sido sencilla, pero muy bonita. Cuando hizo las promesas, sintió una emoción que pareció llevarla a otra dimensión.

Había decidido hacerle feliz. Más feliz de lo que había soñado jamás. La gente los miraría y suspiraría de envidia.

Cuando llegaron a Les Roches vio que el dormitorio era abuhardillado, tenía alfombras de piel en el suelo y el sonido del mar entraba por la ventana. La cama era enorme, tenía el cabecero tallado y las sábanas recién lavadas olían a lavanda.

—Es muy antigua —le susurró Ross—. Es un auténtico lecho conyugal. Como verás, mis antepasados se tomaban muy en serio las obligaciones matrimoniales.

—¿Piensas seguir su ejemplo? —le preguntó ella también con un susurro.

—Naturalmente —contestó él—, pero no esta noche.

—¿Por qué no? —ella no disimuló su decepción.

—Porque ha sido un día muy largo y quiero dormir contigo en mis brazos. Quiero disfrutar de ser tu marido por fin. Tenemos todo el tiempo del mundo para hacer el amor, mi maravillosa esposa, pero esta noche quiero quererte y cuidar de ti como prometí hace unas horas.

La desvistió lentamente con movimientos cariñosos, la tomó en brazos y la llevó a la cama.

Él se desnudó rápidamente, se tumbó junto a ella y la atrajo contra sí, contra la esbelta calidez de su cuerpo.

—Pero tenemos champán... —dijo ella luchando contra la somnolencia.

—Lo beberemos más tarde —la besó en el pelo y en los párpados que se le cerraban—. Al fin y al cabo, amor mío, tenemos toda la vida. Ahora, duerme.

Se durmió profundamente con la cabeza apoyada en su pecho.

Cuando se despertó, el sol se colaba por las contraventanas, se estiró con pereza y comprobó que Ross no estaba en la habitación. Se levantó, fue a la puerta y lo llamó, pero no recibió ninguna respuesta.

Desconcertada, fue a la ventana y abrió las contraventanas. Entonces, cuando volvía hacia la cama, vio el papel que había sobre la almohada. *He ido a comprar algo.* Decía el lacónico mensaje.

Se duchó rápidamente en el anticuado baño, se puso unos pantalones cortos blancos, una camiseta rosa que se anudó debajo del pecho y unas zapatillas de lona.

Al bajar vio la puerta de la calle abierta de par en par. Salió y se quedó bajo el sol resplandeciente mientras miraba alrededor con la boca abierta por la impresión.

Les Roches, que descansaba sobre un amplio malecón a la sombra de un acantilado y a escasos metros del mar, era una casa larga y baja de piedra gris que parecía excavada en la roca que la protegía. Las contraventanas eran de un azul descolorido y la puerta estaba flanqueada por dos maceteros con flores de verano.

Al otro lado, unos escalones verdes por el musgo llevaban a una playa con forma de media luna.

No se veían más casas y la carretera en pendiente que llevaba hasta allí era poco más que un sendero.

Pensó que eso era el verdadero aislamiento.

Oyó el ruido de un motor y al darse la vuelta vio el coche de Ross que descendía hacia ella.

Ross aparcó junto a la casa y sacó del maletero una serie interminable de paquetes que llevó dentro.

Cuando volvió a salir, fue hasta ella, la tomó entre sus brazos y la besó larga y profundamente.

—Buenos días —le susurró—. Bienvenida a la vida conyugal. Espero que te hayas dado cuenta de lo bien adiestrado que estoy.

—Me tienes verdaderamente impresionada —le rodeó

el cuello con los brazos–. ¿Estás haciendo acopio de víveres para un asedio?

–Algo así –le sonrió lenta y seductoramente–. Digamos que no creo que vayamos a ir muy lejos durante un tiempo.

–Es un sitio maravilloso.

–Me alegro de que te guste. No sabía si te parecería demasiado parecido a Cornualles o si habrías preferido una ciudad en otro tipo de paisaje.

–En absoluto.

Le rodeó la cintura con los brazos y levantó las manos hasta tomarle los pechos entre las manos y jugar con los pezones entre los dedos.

–¿Has dormido bien? –le preguntó Ross con cierto tono burlón.

–De maravilla –ella se arqueó bajo su caricia como una gata ronroneante.

–¿Ya no estás cansada?

–Ni lo más mínimo –sonrió con picardía.

–No estoy de acuerdo –le mordió delicadamente el lóbulo de la oreja–. Creo que deberías volver a la cama para que yo te cuide amorosamente.

–¿Me sentiré mejor así? –preguntó ella con recato.

–Te lo garantizo –metió los dedos por la cinturilla del pantalón, le acarició el cálido vientre y bajó un poco más.

–¿Me curaré alguna vez? –la voz empezaba a flaquearle.

–Nunca –respondió él–, porque estoy dispuesto a que el tratamiento dure toda la vida.

La tomó en brazos, la llevó a la casa y subió las escaleras hasta el lecho conyugal.

Fue un día inolvidable. Ella había creído que Ross ya le había enseñado todo el placer sexual que podía alcanzarse, pero durante las horas siguientes ascendieron juntos hasta unas alturas nuevas e inimaginables. Cualquier resto de inhibición que hubiera podido quedarle se desvaneció para siempre mientras los labios y las manos de Ross la arrastraban a un éxtasis tan profundo, que pensó que podía morir.

Ella le correspondió sin ataduras hasta igualar su abrumadora generosidad.

Cuando, agotada por la pasión, acabó durmiéndose otra vez entre sus brazos, oyó entre sueños que él le susurraba que la quería.

Mucho más tarde, el hambre los llevó entre risas a la cocina para dar cuenta del pan, el paté, los quesos y el champán tanto tiempo postergado.

Más tarde aún, se dieron un baño en la antigua y profunda bañera.

—Podría quedarme aquí para siempre –musitó ella entre los brazos de Ross.

—No te lo recomiendo –Ross le puso un poco de espuma sobre los pezones–. Nos quedaríamos como pasas.

Ella suspiró.

—Eres tonto. Quiero decir en esta casa. Vivir aquí –se giró para mirarlo–. ¿Por qué no lo hacemos?

—Porque tenemos una profesión y una vida en otro sitio –la besó en el cuello y se le aceleró el pulso.

Ella hizo una mueca.

—Supongo...

—Eh –Ross le mordisqueó el hombro–. Es nuestra luna de miel y deberíamos estar contentos.

—Estoy en la gloria –se apretó contra él–. Por ejemplo, acabo de darme cuenta de que ya no tendré que escabullirme en el piso con remordimiento y estar atemorizada por los reproches de Natasha. Incluso a lo mejor puedo desayunar.

Notó cierta tensión en el brazo que la rodeaba.

—¿Has tenido problemas con Natasha? No me habías dicho nada.

—Bueno, la verdad es que nunca me dijo nada en voz

alta, pero se notaba cierta tensión –suspiró–. Me gustaría que ella también encontrara a alguien y fuera feliz. Ella es muy guapa, ¿no crees?

Ross le dio la vuelta y la besó en los labios.

–Creo que tú eres muy guapa y que eso es lo único que me importa.

Al cabo de un rato, se vistieron y bajaron a la cocina.

Ross puso el pollo en el horno y ella preparó algunas verduras de acompañamiento.

Mientras se hacía la cena, fueron a dar un paseo por la orilla de la playa y una puesta de sol maravillosa les anunció más días soleados.

Cuando volvían, ella miró por encima del hombro y vio las huellas de sus pisadas que se alejaban juntas sobre la arena mojada.

Le pareció un presagio positivo: un símbolo del viaje que habían iniciado juntos. Se rio para sus adentros por haber tenido una idea tan romántica.

Sin embargo, cuando llegaron a los escalones, volvió a mirar atrás y vio que la marea había borrado las pisadas como si nunca hubieran existido.

Todo es pasajero, pensó, nada es eterno.

De repente se dio cuenta de que estaba temblando.

Capítulo 6

JENNA se apartó de la ventana y empezó a ir de un lado a otro.

Sin duda habían sido unos días inolvidables y se alegraba de no haber sabido los pocos que iba a conocer como esos o el corazón se le habría desgarrado.

En cualquier caso, no debería estar recordando lo bien que fueron las cosas entre ellos una vez. Debería de estar recordándose cómo se había derrumbado todo.

Sin embargo, la tentación de revivir esa época feliz en Bretaña era insuperable. El tiempo había sido muy bueno durante toda la estancia. Se habían bañado en el mar, habían tomado el sol en la playa y habían recorrido los alrededores a pie y en coche. Casi todo el tiempo habían sido felices tan sólo por estar juntos en Les Roches, por estar en el mundo particular que se habían creado.

En realidad, aprender a vivir con Ross no había sido un problema, se dijo.

Se acostumbró pronto a que Ross se afeitara frente al espejo mientras ella estaba en la bañera o a que él estuviera repantigado en la cama hablando con ella mientras se vestía y se maquillaba.

Sin embargo, pronto descubrió que estaba equivocada si había pensado que la luna de miel le había enseñado todo sobre su nuevo marido.

Un par de veces le oyó hablar por teléfono con tono enérgico y cortante sobre asuntos económicos que no tenían nada que ver con la fotografía o la agencia. Ella había pensado que nunca hablaban en serio del dinero o de cómo conseguía pagar el sofisticado apartamento junto al río.

Cuando le había preguntado, medio en broma medio en serio, cuántos empleos tenía, él había sonreído y se había encogido de hombros.

–¿Estás comprobando si puedo mantener a una esposa? –le había respondido con otra pregunta y sin aclarar nada.

No estuvieron solos toda la estancia. Al cabo de unos días, empezaron a llegar familias del vecindario que estaban deseando conocer a la mujer de Ross.

Pronto tendrían que dar la bienvenida a otra, se dijo mientras se mordía el labio.

Otra mujer que caminaría por la playa de la mano de Ross y que dormiría con él en aquella cama enorme acunada por el murmullo del mar. La idea le partió el corazón.

Jenna se quitó la bata y la dejó sobre la butaca. Ya era hora de dejar de atormentarse y de dormir un poco, se dijo con firmeza.

El día siguiente prometía ser un infierno y tenía que descansar para poder estar a la altura de las exigencias.

Cuando bajó a la mañana siguiente, se encontró a la tía Grace sola en la mesa de desayuno con una mueca en la boca que no presagiaba nada bueno.

–Christy se ha ido a Truro a recoger el vestido de novia y Adrian ha telefoneado –hizo una pausa inquietante–. Al parecer, el traje le sienta perfectamente a Ross.

–Vaya, son buenas noticias –dijo despreocupadamente–. Nos ahorra muchos problemas.

–¿Buenas noticias? –la señora Penloe la miró fijamente y sacudió la cabeza–. Tengo que reconocer, Jenna, que hay veces que no te entiendo.

–El ensayo es a las cuatro, ¿verdad? –preguntó Jenna en voz alta y con toda tranquilidad–. ¿Quieres que vaya al pueblo a comprobar las preparaciones?

–Cariño, ¿lo harías? El señor Sandown tiene buena intención, pero se empeñará en usar las viejas mesas de caballete y ya no son de fiar. Una de ellas se hundió durante el café matinal del club y el lío fue increíble. Además, la empresa de comidas ha mandado una lista con requisitos para la cocina que es como la Carta de las Naciones Unidas –añadió con cierta desesperación–. Seguramente también esté gruñendo por eso.

–No te preocupes por nada –Jenna se untó mermelada en una tostada–. Siempre he podido manejar al señor Sandown. Es un gatito.

–La señora Withers ha lavado todos los manteles. Tendrás que ir por ellos –su tía pensó un poco–. Además están las guirnaldas...

–Yo me ocuparé de todo –dijo Jenna alegremente–. Hazme una lista. ¿Quieres que también cuelgue las guirnaldas?

–Adrian y tu tío van a hacerlo –contestó con firmeza la señora Penloe–. No quiero que te caigas de una escalera.

–Claro, se puede prescindir del novio y del padre de la novia... –Jenna sonrió cariñosamente y terminó el café y la tostada–. Será mejor que me dé prisa.

–Gracias a Dios, Christy es hija única –dijo su tía mientras se levantaba de la mesa–. No creo que pudiera volver a pasar por esto.

A pesar de haber hecho todo lo posible, Jenna llegaba tarde al salón de la iglesia. Primero había ido a la floristería, donde descubrió que todavía estaban empaquetando las guirnaldas en unas cajas alargadas.

Sin embargo, el verdadero retraso se produjo cuando llegó a la casa de campo de la señora Withers para recoger los manteles. La puerta se abrió en el preciso momento en que iba a llamar con la aldaba de bronce y la señora Withers la miró de arriba abajo con sus pequeños ojos oscuros que reflejaban una mezcla de placer y curiosidad.

–Chiquilla –fue su saludo–. Has vuelto a tu casa y en el momento preciso.

Hizo un gesto imperativo y la reticente Jenna tuvo que entrar en una sala inmaculada con un pequeño fuego que ardía levemente en la chimenea. Antes de que pudiera decir nada, se encontró tomando un té con demasiada leche y unas galletas caseras.

–Estás en los huesos, como un pajarito –le comentó la señora Withers con tono crítico–. Yo diría que es por las preocupaciones.

–En absoluto –Jenna hablaba con un tono despreocupado y animado–. La verdad es que tengo el peso ideal para mi estatura –añadió sin hacer caso de los gestos despectivos de su anfitriona–. Además, mi vida en Londres es muy satisfactoria.

–Londres... –replicó la señora Withers con altivez–. Fui una vez allí. No pude soportarlo –se echó una cucharada llena de azúcar a la taza y la revolvió con fuerza–. Así que eres la dama de honor en la boda de Christy Penloe. Parece que fue ayer cuando tú fuiste la novia con tu Ross.

–Ya no es mi Ross. Estamos divorciados y seguro que usted lo sabe.

–Entonces sí que es una lástima. Hacíais una pareja muy bonita –hizo una pausa insinuante–. Él también ha venido... Es curioso...

–Mera coincidencia –repitió enérgicamente mientras acababa la taza de té de un sorbo–. Seguro que usted conoce el dicho: no es oro todo lo que reluce.

–Lo sé –la señora Withers asintió vigorosamente con la cabeza–. También sé que una mujer sin un hombre es una tristeza. Hace más de cuatro años que enterré a mi Withers y no ha pasado un solo día sin que lo echara de menos con toda mi alma.

Jenna pensó que el orondo señor Withers, con su sonrisa franca y sus ojos amables, seguramente no habría tenido ni un pensamiento infiel en toda su vida.

–Bueno, no todos tenemos la misma suerte que usted –dijo amablemente y con verdadera sinceridad mientras se levantaba–. Si fuera tan amable de darme los manteles... La verdad es que tengo que seguir haciendo cosas.

Dejó cuidadosamente las bolsas con los impecables manteles en el asiento trasero del coche y se marchó despidiéndose con la mano.

Sin embargo, cuando se había alejado un poco notó que los hombros se le caían un poco. Pensó que esos eran los inconvenientes de volver a un sitio donde su vida era como un libro abierto susceptible de todo tipo de comentarios.

El señor Sandown era la única persona que la esperaba en el salón y la ayudó a descargar los bultos mientras se quejaba de la espalda entre dientes.

–Pensé que Adrian estaría aquí –dijo Jenna a la vez que colocaba las cajas de las guirnaldas en un montón.

–Ha estado –confirmó el señor Sandown–. Ha estado clavando chinchetas y ganchos para que la decoración quede bien, pero luego se ha ido por algo. Volverá enseguida.

–Muy bien –Jenna consultó la lista–. Será mejor que empiece por la cocina. Comprobaré si la temperatura de la nevera es la que quieren los del servicio de comidas. Aunque no sé para qué.

–Serán cosas de Bruselas –refunfuñó su ayudante–. Quieren unas cosas muy raras. Fregaderos separados para lavarse las manos... –añadió con desprecio–. Mi anciana madre tenía un solo fregadero y lo lavaba todo ahí, hasta a sus seis hijos. ¿Qué tiene de malo?.

–Bueno, todo está muy bonito –comentó apaciguadoramente Jenna mientras miraba alrededor.

Acababan de dar un repaso al salón. Habían pintado las paredes, habían puesto cortinas verdes en las grandes ventanas y el suelo de madera era nuevo. La boda de Christy sería el primer acontecimiento importante desde la renovación y Jenna comprobó que la cocina cumplía todas las exigencias.

Convenció al señor Sandown para que guardara los viejos caballetes en el almacén y sacara las mesas nuevas para el bufé y después dejó muy claro que no pensaba hacer nada más.

–Es hora de comer –le comunicó el señor Sandown– y mi señora debe de tener la comida preparada.

Jenna contuvo una sonrisa mientras lo veía marcharse. Sabía que no le importaba nada que la señora Sandown tuviera la comida preparada si se comparaba con la seductora perspectiva de ir al bar.

Si Adrian volviera, podrían empezar con la decoración.

Echó una ojeada a las paredes y empezó a desembalar las guirnaldas. Los ganchos estaban clavados y era una tontería quedarse esperando.

Había una escalera apoyada en la pared y la arrastró hasta la primera ventana, se colgó una guirnalda del hombro y subió.

Pronto se dio cuenta de que no era fácil de colgar. Eran unas ventanas muy altas y sólo podía llegar a los ganchos si se apoyaba en el estrecho alféizar y se estiraba todo lo que podía mientras la vieja escalera crujía inquietantemente.

Se alegró de volver a pisar tierra firme y estuvo tentada de dejar que fuera otro quien hiciera equilibrios.

Sin embargo, había ido allí a trabajar y por lo menos estaría ocupada, pensó a la vez que agarraba la escalera y la llevaba hasta la siguiente ventana.

Estaba peleando para colgar la guirnalda cuando oyó que algo se deslizaba y notó que la escalera se movía. Miró hacia abajo y vio que la deshilachada cuerda que unía las dos partes de la escalera se había roto y el maldito trasto estaba derrumbándose.

Jenna consiguió pasarse al alféizar y se encontró colgada de puntillas y agarrada al marco de la ventana.

Se acordó de la advertencia de la tía Grace, pero era demasiado tarde y cerró los ojos. Le dolían los músculos de las pantorrillas y las manos, con los nudillos blancos del esfuerzo, no podían agarrarse con firmeza al marco. Si se arriesgaba a saltar de espaldas, caería sobre la escalera y se lesionaría gravemente.

Quizá, pensó mientras abría los ojos temerosamente, pudiera darse la vuelta y saltar a un costado de la escalera. Se sorprendió al ver que el panorama desde la ventana había cambiado y que el coche de Adrian estaba aparcado fuera.

No veía a Adrian por ningún lado, pero no podía estar lejos. Lo llamó a gritos aunque sabía perfectamente que no podía oírla por el cristal doble y tampoco podía golpear el cristal porque para hacerlo tendría que soltarse del marco de la ventana.

Estaba a punto de dejarse llevar por el pánico cuando las puertas del salón se abrieron con un chirrido.

–¡Adrian! –gritó–. Ayúdame. Estoy resbalándome.

Oyó unos pasos que se acercaban corriendo y que apartaban la escalera de una patada.

Una fuertes manos masculinas la agarraron de las caderas para sujetarla.

–Déjate caer –ordenó la voz de Ross–. Yo te agarraré.

–No... puedo –lo dijo con un gimoteo y avergonzada.

–Sí puedes. Tranquilízate, agáchate un poco y tírate. Intenta arrodillarte. Despacio.

Jenna intentaba tomar aire y temblorosamente hizo lo que lo decían. En el momento en que sus rodillas tocaron el alféizar, notó que la rodeaba con unos brazos como tenazas y que todo su cuerpo se estremecía con un deseo insoportable. En cuanto la dejó en el suelo se soltó de él y se dio la vuelta.

–No... me... toques –le dijo entre dientes.

Vio que Ross entrecerraba los ojos por la incredulidad y que apretaba los labios mientras se apartaba y levantaba las manos con un gesto de resignación.

–Vaya, eso me suena –replicó son tono sarcástico–. ¿Qué tendría que haber hecho, Jenna? ¿Debería haber esperado hasta que hubiera aparecido alguien más apropiado? ¿O debería haber dejado que te rompieras una pierna y que Christy también tuviera que buscar una dama de honor?

Se hizo un silencio muy tenso. Jenna notaba que esa tensión aumentaba por momentos y supo que tenía que disiparla rápidamente.

Miró el suelo.

–No... no quería decirlo como ha sonado –dijo por fin.

–¿No?

–Me he excedido, eso ha sido todo –Jenna levantó la cara y se encontró con la mirada escéptica de Ross–. Lo siento, pero tenía miedo y me has asustado –añadió inexpresivamente.

–Supongo que podría considerarse un anticipo del rechazo y el desprecio que suelo inspirarte –el tono era cortante–. ¿Acaso no me oíste llegar?

Jenna se encogió de hombros.

–Vi el coche de Adrian y pensé que sería él –frunció el ceño–. Por cierto, ¿dónde está?

–Lo dejé en Trevarne House. Vendrá enseguida con tu tío. Me dejó el coche para que fuera a buscar otra escalera en casa de Thirza. Era evidente que esta iba a caerse en pedazos en cualquier momento.

–Por desgracia, a mí no me lo pareció. Bueno, gracias.

–Ha sido un placer –dijo Ross lentamente–, pero si piensas volver a subirte por las paredes, quizá sea mejor que lo hagas cuando yo no esté cerca. No eres el peso pluma que pareces y acarrear con mujeres no está entre las cosas que me recetó el médico.

–Oh, ¿he alterado tu convalecencia? Qué irresponsable he sido. Sobre todo cuando estás recuperando fuerzas para tu próximo matrimonio. O, al menos, para la luna de miel –hizo una pausa–. ¿Has pensado en algún sitio romántico?

–Podría decir que no te importa un rábano –contestó Ross lentamente–, pero resulta que a lo mejor nos ahorramos la luna de miel.

–Pero la tradición exige una luna de miel –Jenna sentía como si no pudiera evitar meterse en algo que le dolía terriblemente–. Una temporada de intimidad para los recién casados. No puedes negárselo a la novia.

–No pienso negarle nada –dijo Ross con frialdad–, pero es posible que se dé demasiada importancia a la luna de miel. Ya conozco íntimamente a mi futura mujer y ella a mí, así que no necesitamos un período de aislamiento para consumar el matrimonio. Yo preferiría que nos limitáramos a seguir nuestras vidas.

–¿Ella estará de acuerdo?

–Sí –lo dijo con una ternura que le produjo unos celos insoportables–. Estoy seguro de que sí.

Jenna intentó mantener el tono tranquilo.

–Estás decidido a intentar que esta vez funcione, ¿verdad?

–Desde luego.

–Sin embargo, si tienes una relación tan maravillosa, ¿por qué has preferido venir aquí a recuperarte con Thirza en vez de quedarte con tu novia? ¿O es que ella no es del tipo de Teresa de Calcuta?

–No se lo he preguntado –Ross arrastró las palabras–, pero en estos momentos ella ya tiene bastantes cosas en su vida y decidí que sería mejor así.

–Además, tampoco querrías empezar una relación nueva en un estado de debilidad.

Ross se encogió de hombros.

–Si quieres verlo así, Jenna, yo no voy a discutir.

–Eso tampoco es ninguna novedad –replicó Jenna con cierta tensión–. Es el lema de Ross Grantham: nada de disculpas, nada de explicaciones, nada de discusiones. ¿No es así?

—Es posible que lo fuera, pero ahora todo es muy diferente. ¿Quieres seguir con esta fascinante conversación sobre mis principios y mis motivaciones o prefieres que hagamos algo más útil? Hay que colgar muchas guirnaldas.

—Como quieras —Jenna levantó un hombro—. ¿No te producirá una recaída?

—Me arriesgaré, pero yo me subiré a la escalera. Me espantaría que sufrieras algún contratiempo. Sobre todo alguno que pudiera impedirnos bailar.

—¿Bailar? —repitió Jenna desconcertada mientras lo miraba colocar la escalera y colgar la guirnalda sin ningún esfuerzo—. ¿De qué estás hablando?

Ross la miró desde lo alto de la escalera.

—En la celebración —contestó Ross—. La novia baila con el novio y la dama de honor con el padrino del novio. Es una de esas tradiciones que al parecer tú respetas tanto.

—Bueno... sí... —ella había pensado bailar con Tim. Tragó saliva—. Sin embargo... seguramente es algo que no se nos puede aplicar a nosotros.

—Claro que sí —dijo Ross mientras bajaba de la escalera—. Pero conseguiré que sea un baile en el que no te toque —sonrió burlonamente—. ¿Eso te tranquiliza?

—Nada que tenga que ver contigo me tranquilizará —su voz reflejaba una furia repentina—. Así que lo mejor será que dejemos de hablar y trabajemos.

Habían llegado a la última ventana cuando oyeron voces y el señor Penloe entró con Adrian. Los miró con un gesto de sorpresa.

—Jenna, querida. Así que te habías metido aquí.

—Yo creía que la tía Grace quería que estuviera aquí —Jenna le dio la última guirnalda a Ross y vio cómo la colocaba.

—Bueno, seguro que era así —dijo su tío—, pero las cosas han cambiado, se han complicado un poco. Seguro que Christy agradecería tu apoyo.

–Entonces, iré con ella. Además, ya hemos terminado.

–Sí, ya lo veo –su tío echó una ojeada mientras asentía con la cabeza–. Lo habéis hecho muy bien –hizo una pausa–. Los dos.

Ross cerró la escalera y la apoyó en la pared.

–Hacemos un buen equipo –miró a Jenna y ella captó un brillo burlón en los ojos.

–Sí –confirmó ella–, pero sólo a corto plazo.

Ross hizo un gesto de admitir las palabras de Jenna.

–Adiós, por el momento –le dijo Ross mientras ella iba hacia la puerta–. Nos veremos en la iglesia.

Lo más prudente era no reaccionar de ninguna manera y, sobre todo, no darse la vuelta porque podría ver las lágrimas que le empañaban la mirada y eso sería un desastre.

Cuando llegó a la casa, ya había recuperado parte del dominio de sí misma. Se encontró con que Christy estaba en su dormitorio rodeada de cajas y papeles de envoltorios.

–¿Vas a fugarte? –le preguntó Jenna.

–Me encantaría –contestó Christy con un suspiro–, pero con Adrian. ¿Crees que es tarde para que me fugue?

–Si lo haces, te seguiré y te estrangularé con una de esas guirnaldas –se hizo un hueco en la cama y se sentó–. El tío Henry ha pensado que podías necesitarme.

–He tenido una discusión con mamá –Christy parecía arrepentida–. Se estaba poniendo muy pesada, le he dicho que no lo hiciera y hemos discutido.

–Bueno, eso era algo que tenía que pasar antes o después –la tranquilizó Jenna–. Las bodas crean mucha tensión.

–La tuya no –objetó Christy–. Nunca he visto a nadie tan tranquila y en su sitio.

–Seguramente estaba paralizada –Jenna rio sin ganas–. Paralizada por el terror ante la espantosa equivocación que estaba a punto de cometer.

–Tonterías –dijo Christy rotundamente.

–Eso era lo que todo el mundo pensaba, entre otros tus padres. Al final, claro, se demostró que tenían razón. Ross y yo no estábamos hechos el uno para el otro.

–Yo sigo sin entender por qué –Christy frunció el ceño–. No he visto jamás a dos personas más enamoradas. Sólo con acercarse a vosotros era como entrar en un campo magnético –hizo una pausa–. Jenna, no te lo había preguntado antes, pero ¿qué es lo que pasó en realidad?

–Ya sabes lo que pasó –Jenna agarró un biquini y lo miró como si fuera un objeto desconocido–. Ross tuvo una aventura con alguien de su pasado; una rubia australiana que se llamaba Lisa Weston.

–Ya sé que ella fue el efecto –dijo Christy con delicadeza–, pero ¿cuál fue la causa? Tuvo que haber algo que lo provocara.

Jenna se encogió de hombros.

–Quizá Ross se aburriera de la monogamia una vez pasada la novedad –Jenna dudó–. No creo que ella fuera la primera.

Christy se quedó boquiabierta.

–¿Qué quieres decir?

–Hubo algunos indicios incluso antes del bebé –Jenna bajó la cabeza–. Sonaba el teléfono y nadie hablaba si lo contestaba yo. Encontré un pañuelo de mujer que no era mío en el bolsillo de su traje y una camisa de Ross en el cesto de la ropa sucia que olía a un perfume muy caro.

Christy volvió a fruncir el ceño.

–No es muy inteligente animar a tus amigas a que te llamen a casa y llevar a lavar las pruebas del delito. Al revés, son ganas de buscarte problemas. ¿Le pediste una explicación?

–Sí.

–¿Qué te dijo?

–Naturalmente, lo negó. Era muy convincente. Habrías jurado que estaba verdaderamente perplejo. Dijo que se habría llevado el pañuelo pensando que era mío.

–¿Y la camisa?

Jenna dobló el biquini con un cuidado infinito y lo guardó en la caja más cercana.

–Dijo que las mujeres se echan perfume en el metro y que le habrían salpicado.

–¿Qué hiciste?

–Lavé la camisa y tiré el pañuelo.

–¿Y las llamadas?

–Ross dijo que sería alguien con ganas de molestar. Cambió el número y las llamadas cesaron.

Christy se quedó un momento en silencio.

–A lo mejor te dijo la verdad, Jenna. Estaba loco por ti. Todo el mundo lo sabía.

–¿Lo estaba? –Jenna se miró las manos–. Entonces, le duró poco. Fue como un incendio en el bosque. Estalló y cuando se apagó todo estaba vacío y negro –tomó aire– Lo tuyo con Adrian sí es algo verdadero. Una llama firme y segura que arderá toda vuestra vida.

–Jenna... –a Christy se le quebró la voz–. Lo lamento mucho. Quiero que tú también seas feliz.

–Lo seré. Lo soy –Jenna se levantó–. Nadie sabe lo que acabo de contarte, así que, por favor, mantenlo en secreto.

–Te lo prometo. No se lo diré ni siquiera a Adrian –Christy arqueó las cejas al ver que Jenna iba hacia la puerta–. ¿Adónde vas?

–Voy a buscar a tu madre –Jenna esbozó una sonrisa fugaz–. Me parece que se ha dado cuenta de que en cuanto te vayas de luna de miel se va a quedar sola en casa y no es fácil asimilarlo –hizo una pausa–. Seguramente se habrá refugiado en el invernadero, como siempre. Intentaré tentarla con algo de comida. Creo que tendríamos que comer algo. No estaría bien que te desmayaras en el altar durante el ensayo.

Una vez fuera, no bajó las escaleras, sino que se apoyó en la pared; el corazón le latía aceleradamente.

¿Por qué habían brotado esos recuerdos? ¿Realmente necesitaba un recordatorio tan fuerte de lo ciega y crédula que había sido?

Tenía que haberse enfrentado a él, se dijo. Haberle dejado claro que no la engañaba. Sin embargo, estaba asustada. Asustada de perderlo. Por eso lo creyó. Necesitaba pensar que decía la verdad.

Cuando, en realidad, estaba preparando el terreno para la traición definitiva.

Capítulo 7

LA riña entre Christy y su madre se resolvió rápidamente durante la comida e incluso se permitieron
unos sollozos abrazadas mientras Jenna se retiraba
discretamente al jardín con sus sándwiches.

Se alegraba de poder estar sola un rato. La conversación con Christy la había alterado más de lo que estaba
dispuesta a reconocer.

La puerta del armario se había abierto y todos los esqueletos se estaban escapando.

Si era sincera consigo misma, tenía que reconocer
que Ross y ella habían tenido problemas antes de que
Lisa Weston volviera a su vida. Incluso antes del bebé...

En realidad, surgieron casi nada más terminar la luna
de miel.

Empezaron una tarde que Ross volvió a casa y la encontró ojeando unos folletos de agencias inmobiliarias.

–¿Qué haces? –le preguntó con las cejas arqueadas.

–Echar una ojeada –contestó ella despreocupadamente.

–Pero no necesitamos otro sitio para vivir –replicó él
tranquilamente–. Tenemos este piso.

–Sí. Además es precioso –le sonrió–, pero es un piso
de soltero, cariño. Necesitamos un hogar. Un sitio donde
echar raíces y crecer.

–Creo que necesito beber algo –dijo él con cierta so-
lemnidad. Se sirvió un vaso de whisky y se sentó junto a
ella–. ¿Es una forma sutil de decirme que estás embarazada?

–Claro que no.

–Bueno –respiró aliviado–. Alabado sea Dios.

Ella se puso tensa.

–¿Tan malo sería?

–¿A estas alturas del matrimonio? –hizo una mueca con la boca–. Sí, Jenna. A mí me lo parecería. Todavía estamos aprendiendo a vivir juntos. Por el momento no necesitamos más compromisos.

–Pero no estás en contra por principio, ¿verdad? –insistió ella.

–No lo sé –el tono era tranquilo–. No lo he pensado.

Ella lo miró fijamente.

–Pero la gente se casa para eso, ¿no? Para formar una familia...

–Tal vez, pero por ahora me interesa más ser una pareja y creía que te gustaba vivir aquí.

–Sí... –ella se mordió el labio– y no.

–Ya –dijo Ross lentamente–. ¿Podrías explicarte?

Ella se encogió de hombros.

–Me gustaría que estuviéramos en algún sitio que fuera nuevo para los dos y que no tuviera... ecos...

–De mi pasado, supongo –terminó él sarcásticamente antes de quedarse un momento en silencio–. Si esperas que me disculpe por no haber permanecido célibe durante todos estos años, vas a llevarte una decepción, cariño. Es verdad que otras mujeres han compartido conmigo la cama en la que dormimos. Si tanto te fastidia, ¿por qué no compramos otra cama?

–Te parece muy divertido, ¿verdad? –replicó ella.

–Cada vez me resulta menos divertido –bebió un sorbo de whisky con el rostro sombrío–. ¿Por qué no habías dicho nada?

Ella levantó la barbilla.

–Porque antes no era tu mujer.

–No –el tono era amable–. Claro que no. ¿Quieres decir que sólo eras otra chica que se acostaba conmigo?

Ella se sonrojó furiosa de que pudiera interpretarla tan bien.

–Vamos, Jenna –Ross suspiró con impaciencia–. ¿No entiendes que tú no fuiste nunca eso? Tú eres la única. No hace falta que compremos una casa para que te lo demuestre. Lo importante es nuestra relación, no los ladrillos y el cemento.

–Yo pensé que tú también querrías mudarte. Empezar de cero –dijo ella.

–Y yo creía que ya lo habíamos hecho –el tono reflejaba cierta desolación. Se terminó el whisky–. ¿Quieres salir a cenar?

Ella sacudió la cabeza.

–No tengo mucha hambre.

La miró con los ojos entrecerrados.

–¿De verdad? –dijo con voz cansina–. Entonces, tendrás que cenar sola. Hasta luego.

Se echó una chaqueta al hombro y salió del piso.

Ella barrió los folletos de la mesa con un gesto furioso.

Ni siquiera iba a mirarlos, se dijo llena de ira, y encima se había marchado sin una mirada de despedida. Sin intentar convencerla para que lo acompañara.

Fue a la cocina para prepararse un sándwich, pero no pudo comerlo.

Oyó en su interior la voz de tía Grace: «Nunca intentes discutir con un hombre hambriento, querida».

Era un buen consejo y habría deseado recordarlo en el momento apropiado.

Estaba en la cama, de cara a la pared, cuando Ross volvió al cabo de un par de horas.

Notaba perfectamente que estaba de pie mirándola.

–Jenna... –dijo Ross en voz baja. Ella no respondió y fingió estar dormida.

Oyó los pasos que volvían a salir de la habitación.

Abrió los ojos y se encontró bastante ridícula y algo arrepentida. Pensó ir al salón con él, pero decidió que no solucionaría nada y que volverían a discutir.

Esperaría a que él se acostara y entonces fingiría que

se despertaba, se volvería hacía él, lo abrazaría y harían el amor. Entonces, cuando los dos estuvieran aplacados y tranquilos, lo convencería para que entendiera su punto de vista.

Se desperezó lujuriosamente ante la perspectiva y esperó a que él fuera a su lado.

Pasaron los minutos y las horas y se durmió profundamente.

Estaba sola cuando se despertó a la mañana siguiente y pensó por un momento que Ross había dormido en el sofá, pero la almohada y las sábanas desordenadas que había a su lado decían lo contrario.

El piso estaba muy silencioso y daba la sensación de que se había ido a trabajar. Miró el despertador de la mesilla y comprobó que él la había dejado dormir y que llegaría tarde a la galería.

–Maldita sea –masculló.

Saltó de la cama, se puso la bata y pensó que le vendría bien un café cargado y caliente.

Sin embargo, Ross no se había ido a trabajar. Estaba en el salón. Era una figura oscura y silenciosa que se recortaba contra la luz que entraba por el ventanal.

Ella se paró en seco.

–Ah, sigues aquí. ¿Por qué no me has despertado?

Ross se encogió de hombros sin darse la vuelta.

–Porque podías seguir con tus jueguecitos –la voz era inexpresiva– y esta vez he pensado que iba a dejar que los llevaras hasta el final –hizo una pausa–. También he decidido vender esta casa si eso es lo que realmente te hace feliz. Encuentra la casa que te guste.

–Ross...

Habría corrido hacia él, pero había algo en la firmeza de sus hombros que le hizo temer el rechazo y dudó mientras se cerraba la bata al sentir un frío repentino.

–Pero también tiene que gustarte a ti...

–Es un asunto tuyo, Jenna, con tus propias normas. Yo he decidido no participar –se volvió y la miró con la cara sombría y la mirada pérdida–. Pero voy a decirte una cosa. No vuelvas a fingir que estas dormida o tienes dolor de cabeza ni mientas sobre el periodo ni uses truquitos mezquinos. Nuestro matrimonio se merece algo más que eso.

Ella se mordió el labio.

–Ross... yo...

–Hay café en la cafetera –continuó Ross como si ella no hubiera dicho nada–. Te veré esta noche.

Ella se quedó plantada mientras veía cómo se marchaba otra vez. Quiso llamarlo, pero no abrió la boca. Se dio cuenta de que había ganado, pero se sentía como si hubiera perdido.

Tiró a la basura los folletos como si estuvieran contaminados o dieran mala suerte. Quería empezar a buscar casa desde cero.

Hizo las cuentas meticulosamente y calculó cuánto podrían obtener por el piso y cuánto podrían pagar de hipoteca, sobre todo si ella tenía que dejar el trabajo por algún motivo y sólo contaban con una fuente de ingresos.

En ese momento también pensó que no sabía realmente lo que ganaba Ross.

Pensó que era algo que deberían haber hablado antes de casarse y arrugó la nariz.

Aunque después de lo sucedido durante las ocho horas pasadas, tendría que posponer las preguntas hasta un momento más apropiado.

Sin embargo, cuando Ross volvió esa tarde, era como si nunca hubiera existido el hombre taciturno y frío que se había marchado por la mañana. Entró con una sonrisa de oreja a oreja; llevaba champán y rosas rojas.

–He sido un bruto, perdóname –le susurró mientras la tomaba en brazos y la besaba con unos labios ardientes y anhelantes–. Lo único importante es estar contigo.

Ella se dejó llevar hasta el dormitorio como si flotara en una nube de felicidad.

–Ámame –la voz le salió ronca–. Ross, ámame siempre y no pediré nada más.

–Hecho.

Le quitó la ropa con unas manos torpes por el deseo. No tenía tiempo para entretenerse con preliminares cariñosos. La excitación de ambos era demasiado fuerte y voraz como para no satisfacerla inmediatamente. Cuando entró en ella, ella gritó con una voz espesa por la pasión. Sólo sentía el ardor de Ross que la llenaba, que la hacía sentirse plena. Se entregó completamente y se cimbreó bajo él con una sensualidad irreflexiva que aumentaba a medida que se acercaba al clímax.

En el momento álgido, Ross la hizo esperar durante una eternidad estremecedora hasta que su cuerpo estalló de éxtasis.

Luego, bebieron champán abrazados y Ross le derramó un poco del líquido helado sobre los pechos y le lamió hasta la última gota de los pezones antes de volver a elevarla lenta y sensualmente hasta la cima del placer.

–Si esto es una reconciliación, deberíamos discutir más a menudo –murmuró él más tarde con un tono burlón.

–No –ella lo dijo con tono vehemente mientras se acurrucaba junto a él–. Detesto las discusiones. He estado tristísima todo el día –respiró hondo–. Ross... he tenido tiempo de meditar y no hace falta que nos mudemos a ningún sitio, todavía no. Podemos esperar... y ahorrar un poco.

Ross le levantó la barbilla para poder mirarla a los ojos.

–¿Por qué dices eso?

–He pensado que a lo mejor no es el momento indicado. Al fin y al cabo, este piso ha debido de costar una fortuna y hay que mantener la casa de Bretaña.

–No hay ningún problema –la besó delicadamente en la boca–. Busca tu casa, Jenna. Quiero que seas feliz.

–Pero yo quería una casa con jardín y piden unos precios astronómicos –suspiró–. No podemos permitirnos algo así.

–Sí –replicó él en voz baja–. Sí podemos.

Ella lo miró fijamente.

—No entiendo...

—Es culpa mía. Hay cosas que debería haberte dicho antes. Supongo que estaba esperando al momento apropiado, pero parece ser que ya ha llegado —hizo una pausa—. Verás, la casa de Bretaña no fue mi único legado. Mi otro abuelo también me nombró su heredero y me dejó dinero, bastante dinero. Parte está invertido, naturalmente, pero puedo disponer del resto cuando quiera. Lo que pasa es que no lo había hecho nunca.

Ella vio que se le tensaba el gesto por los recuerdos dolorosos y levantó la mano para acariciarle la mejilla.

—¿Por qué no?

—Por los problemas que causó siempre —Ross suspiró—. Incluso cuando era un niño. Puedo recordar los conflictos entre mi padre y el abuelo Grantham. Él era banquero y quería que su hijo siguiera sus pasos, que fuera un ciudadano respetable, pero mi padre no lo hizo. En cambio, mi abuelo tuvo que sacarlo de un apuro tras otro hasta que decidió que ya estaba bien. Durante mucho tiempo no se trataron, aunque Thirza hizo mucho por curar las heridas. Ella era dura y sensata y mi abuelo supo verlo, pero, en cualquier caso, dejó brutalmente claro que mi padre no volvería a ver ni un penique de su dinero y que no ocuparía su sitio en el consejo de administración del banco. Entonces hizo un testamento nuevo a mi favor y lo desheredó completamente.

Ella se quedó boquiabierta.

—¿Realmente lo hizo?

—Sí —contestó Ross sarcásticamente—. No puedo culparlo del todo por hacerlo. El historial de mi padre con el dinero es inimaginable, pero levantó un muro entre mi padre y yo que he lamentado siempre. Mi padre estaba lleno de rencor y me trataba como si fuera alguien que se había enriquecido gracias a un robo. Nos reconciliamos antes de su muerte, también gracias a Thirza. Así que el dinero ha sido un lastre desde el principio. Yo ya había

tenido bastante con ser hijo de mi padre y quería hacer
mi vida, así que dejé vacío el asiento en el consejo de administración, aunque últimamente me han insistido para
que vuelva a pensármelo –la estrechó contra sí–. A lo
mejor piensan que el matrimonio me ha amansado.

–Cómo se equivocan... –dijo ella casi sin poder respirar por la pasión que le abrasaba las venas.

–Quizá piensen que, si uso el dinero, eso es una especie de concesión.

–¿Prefieres que no lo hagamos?

–No es eso –Ross se quedó un momento en silencio–.
Siempre tengo presente los problemas que causó en el
pasado. No quiero que afecte a lo que tenemos.

–No lo hará –ella lo besó en los labios–. Sólo es una
forma de conseguir la casa de nuestros sueños –se restregó
contra él suave y sensualmente y se deleitó con su reacción inmediata–. Cariño, vamos a ser muy felices y nada
lo estropeará.

Incluso después de tanto tiempo, temblaba al recordar aquellas palabras y el optimismo irreflexivo y apasionado que las había inspirado.

¿Era realmente el dinero? ¿Si se hubieran quedado en
el piso la relación habría sido distinta? ¿Habría podido
sobrevivir?

Se levantó del banco del jardín y volvió hacia la casa.
No, se dijo. Eso era una fantasía. La realidad era que
Ross, como él había dicho, era hijo de su padre, era in-
quieto e infiel.

Nada podía sobrevivir a eso.

Durante las horas siguientes se entregó casi lúgubre-
mente a los preparativos de la boda. Pronto empezarían a
llegar otros familiares y amigos y se usarían todos los
dormitorios de Trevarne House, así que Jenna se encontró con los brazos rebosantes de ropa de cama bajo la dirección de su tía.

–Espero que estén cómodos –dijo Christy con la frente arrugada mientras metía una almohada en su funda.

–Claro que lo estarán –replicó Jenna enérgicamente–.

–Ya... –Christy dudó–. Jenna... ya sé que tendría que habértelo dicho antes, pero espero que no te importe que no haya invitado a Natasha. Sé que sois... compañeras de piso y socias, pero la lista de invitados empezaba a ser interminable.

–Además, no te cae bien –le ayudó irónicamente Jenna.

–Ah –Christy se puso seria–. Te habías dado cuenta...

–Te he visto hacer verdaderos esfuerzos por ser educada y amigable –reconoció Jenna con tono divertido–. Normalmente, eso es una mala señal, pero no le des más vueltas. Estoy segura de que Natasha nunca esperó que la invitaras.

–Yo creo que sí lo esperaba –el tono era casi de enojo.

Jenna decidió que era preferible no hacerle caso. Christy no sabía el apoyo que le había dado Natasha durante los últimos meses.

–Es mejor que no haya venido –Jenna sacudió la cabeza–. Puedo imaginarme su reacción al ver a Ross.

–Es verdad –dijo Christy pensativamente–. Yo también –hizo una pausa y miró a Jenna–. ¿Vas a decírselo?

–Claro. También voy a decirle cómo he capeado el temporal –Jenna levantó la frente–. Estará orgullosa de mí.

–¿Sí? –Christy se encogió de hombros–. Bueno, tú la conoces mejor que yo –miró el reloj–. ¡Caray, tenemos que cambiarnos! Ya es casi la hora. Quedamos abajo dentro de quince minutos.

–Sí –la sonrisa de Jenna era tan forzada, que parecía de madera–. Sí, claro.

Daba igual lo mucho que hubiera trabajado, la perspectiva del ensayo no se le había ido de la cabeza ni un instante, como si fuera un muro enorme en una carrera de obstáculos.

Había llevado un vestido de su color verde preferido con un cuerpo ceñido y bastante vuelo, pero eso era cuando el padrino del novio era un desconocido y ella estaba dispuesta a hacer un esfuerzo.

No quería que Ross pensara por un instante que se había vestido para agradarlo.

Se trataba de ser discreta, se dijo, mientras rebuscaba entre la ropa que había llevado hasta dar con una falda de lino color crema y un jersey a juego.

Se calzó unos zapatos bajos marrones y se miró al espejo con disgusto. Tenía unas profundas ojeras y un aspecto demacrado y macilento.

Parecía un fantasma o, peor aún, una mujer afligida.

Hizo una mueca y empezó a maquillarse: se dio colorete y se pintó los labios de un color entre marrón y rojizo.

Se encontró con la tía Grace en las escaleras. Ella no iba al ensayo; se quedaba para recibir a los invitados.

—Al mal tiempo buena cara, ¿verdad, querida? —le dio un rápido repaso y una palmadita de aprobación—. Es lo mejor que puedes hacer. Venía a buscarte. Te llaman al teléfono.

Jenna frunció el ceño y bajó al vestíbulo. No esperaba ninguna llamada, pero tampoco había previsto nada de lo que le había pasado en esa boda, se dijo con cierta tensión.

—¿Dígame?

No hubo respuesta, tan sólo un silencio casi atronador que le recordaba todos aquellos silencios que nunca le explicaron.

—¿Quién demonios llama? ¿Quién está ahí? —preguntó bruscamente.

Se oyó un chasquido y la voz de Natasha.

—Jenna... ¿eres tú?

—Ah, Natasha —Jenna dejó escapar un suspiro de alivio—.¿Pasa algo en la galería?

—No, no. No pasa nada, pero de repente me he acordado de ti y me he preguntado cómo irían las cosas en la boda del año –incluso por teléfono notó un leve tono irónico en la voz de Natasha–. ¿Christy sigue dispuesta a casarse o se lo ha pensado mejor?

–Christy no ha sido más feliz en su vida –contestó Jenna con énfasis–. Además, hace un tiempo maravilloso y será un día perfecto.

–¿Qué tal lo llevas tú?

Jenna se mordió el labio.

–Regular –contestó lentamente–. Cuando llegué, me encontré con que Ross estaba aquí.

–¿Ross...? –pudo notar la impresión a través del auricular–. ¿Es algún tipo de broma perversa? –el tono era áspero, casi agresivo.

–Por desgracia, no –Jenna mantuvo un tono equilibrado–. Está con Thirza mientras se recupera de no sé qué virus.

–¿Lo sabías antes de ir? –le preguntó Natasha bruscamente.

–No, claro que no.

–¿Lo has visto?

Jenna suspiró para sus adentros.

–No he tenido más remedio. Ha tenido que convertirse en el padrino del novio –tragó saliva–. Son... cosas que pasan.

–Dios mío. Vas a dejarle que te haga eso después de todo lo que has pasado... No puedo creérmelo –Natasha hizo un breve silencio–. Lo sabía. He presentido que tenías algún problema –suavizó el tono y fue más persuasiva–. Escúchame, Jenna. Lárgate de allí ahora mismo y vuelve a Londres.

–No puedo hacerlo. Lo estropearía todo y haría daño a todo el mundo. Además, tampoco pasa nada. Ross y yo nos hemos declarado una tregua.

–¿Una tregua? –la risa de su amiga fue estridente–. Sólo falta que me digas que has decidido perdonarlo y olvidarlo todo. ¿O quizá ya lo has hecho?

Jenna se mordió el labio.

—No, pero hemos acordado portarnos de una forma civilizada durante la boda.

—¿Civilizada? —repitió Natasha con sarcasmo—. ¿Te has vuelto loca? Ross es incapaz de ser civilizado. ¿Te has olvidado de que te abandonó después de serte infiel? ¿Te has olvidado de que te demostró una y otra vez que era un mujeriego empedernido? ¿Te has olvidado de que era alguien que se desentendía de sus amantes como si fueran ropa usada y que tú no fuiste una excepción?

—No —a Jenna le temblaba la voz—. Me acuerdo de todo lo que pasó y de muchas cosas que debía haber enterrado en lo más profundo de mi mente con la esperanza de no volver a recordarlas. Ver a Ross ha vuelto a desenterrarlo todo.

—¿De qué estás hablando? —preguntó Natasha lacónicamente.

—Natasha, de verdad que no puedo hablar de eso ahora. Es el ensayo de la boda y están esperándome.

—¿Estará Ross en ese ensayo?

—Claro. Ya te he dicho que es el padrino del novio.

—¿Y tu familia lo consiente? —Natasha dejó escapar una risa furiosa—. Dios mío, deberían estar protegiéndote de él.

—No tienen por qué hacerlo porque no queda nada entre Ross y yo —Jenna dudó—. Además, va a casarse otra vez.

Esa vez el silencio fue tan profundo, que Jenna pensó que se había cortado la comunicación.

—Natasha... ¿estás ahí? —preguntó desconcertada.

—Sí —contestó su amiga—. Sí, claro —volvió a reírse con un sonido extraño—. Ross no aprende de sus errores, ¿eh?

Jenna hizo una mueca de dolor, pero mantuvo el tono despreocupado.

—Al parecer esta vez va en serio —vio que Christy le hacía señas desde la puerta—. Natasha, tengo que irme.

Hablaremos cuando vuelva, pero estoy bien, de verdad. Hasta pronto.

Colgar el teléfono fue un alivio. A veces, Natasha llevaba demasiado lejos su afán protector y durante la conversación le había parecido un poco paranoica.

Por lo demás, sólo quedaban veinticuatro horas y volvería a ser libre y estaría a salvo.

Se quedó con Christy fuera de la iglesia mientras el tío Henry entraba para comprobar que todo estuviera preparado para el ensayo.

–Incluso ha conseguido que esté el organista para que podamos ensayar el ir por el pasillo sin tropezarnos –dijo Christy que estaba apoyada en el coche y miraba al cielo–. Aunque tal y como van las cosas iré de rodillas –hizo una pausa–. No tendrás un cigarrillo por casualidad...

–No –dijo Jenna tranquilamente–. Porque no fumo y tú tampoco –sonrió a su prima–. Percibo ciertos nervios de novia por fin...

Christy sacudió la cabeza.

–Jenna... Todo es tan incierto... La gente se casa, pero no dura mucho casada.

Jenna se encogió de hombros.

–A mí mc lo vas a contar...

–Perdona... –Christy la miró apenada–. Soy una bocazas, pero te juro que no era una pulla.

–No he pensado que lo fuera, pero si te sirve de consuelo te diré que Adrian y tú habéis parecido una pareja desde el momento en que os conocisteis y los dos procedéis de matrimonios estables, lo cual dicen que ayuda.

Christy sonrió pensativamente.

–En una ocasión le pregunté a mamá si alguna vez se le había pasado por la cabeza divorciarse de papá y me dijo que jamás, pero que sí había pensado en el asesinato un par de veces. Yo me apunto a eso.

Estaban riéndose cuando el señor Penloe salió para avisarlas.

Era un edificio antiguo y a Jenna le parecía oscuro, pero ese día su imponente belleza estaba en su esplendor con el sol de la tarde que se colaba por los ventanales y formaba manchas de color sobre el suelo de piedra y los bancos decorados con flores y lazos blancos.

En el momento en que sonaron los acordes de la marcha nupcial, Christy, del brazo de su padre, avanzó por el pasillo. Jenna iba detrás. Todo le recordaba demasiado aquello que quería olvidar. Era como una repetición a cámara lenta de su propia boda, se dijo mientras el corazón le palpitaba sin control. Sólo que esa vez su papel no era protagonista.

Delante de ella, vio la figura del vicario, que esperaba en los escalones del presbiterio. También vio que otras dos figuras se levantaban del primer banco, que se dirigían junto a él y que ambos se volvían para mirar a la pequeña procesión que avanzaba por el pasillo. Adrian sonrió de oreja a oreja al verlas acercarse, pero su acompañante estaba serio, pálido, incluso demacrado a pesar del bronceado y sólo miraba a Jenna.

«No lo mires», se dijo Jenna a sí misma con la garganta seca, «mira la nuca de Christy, al vicario, a la cruz, a lo que sea menos a él». Sin embargo, su mirada se clavó en la de él como si estuviera hipnotizada.

En los ojos de Ross había ira, amargura y dolor, pero por encima de todo había un anhelo físico que hizo que su mente y sus sentidos perdieran el control que se había impuesto. Se dio cuenta de que Christy se volvía hacia ella para entregarle las llaves de coche que hacían las veces del inexistente ramo de flores. Al mismo tiempo notó una punzada devastadora cuando Ross dio un paso para colocarse a su lado. El pánico se apoderó de ella. Se aferró a las llaves, las milagrosas y salvadoras llaves, y dio un paso atrás y luego otro. Hasta que se dio la vuelta y echó a correr por el pasillo sin hacer caso de las voces que la llamaban.

Salió, se montó en el coche y huyó.

Capítulo 8

S E alejó de la iglesia, del pueblo y del ridículo que acababa de hacer.

Tuvo una visión de todas las caras atónitas que la miraban mientras corría y de Ross solo, inmóvil como una columna de granito que observaba ese acto de traición a sí misma.

Condujo tranquilamente y agarrada al volante como si fuera lo único que podía salvarla de la locura. Giró al azar por un camino que la llevó hasta la omnipresente costa.

Allí, el paisaje era más agreste y desolador y el viento azotaba las rocas y las ruinas de una mina de estaño abandonada hacía mucho tiempo.

Jenna aparcó a una distancia prudencial del borde del acantilado, agarró el echarpe que había en el asiento trasero y se abrigó con él para protegerse del viento mientras salía del coche. Permaneció un momento de pie para recuperar el aliento y luego fue a una roca plana para sentarse.

Afortunadamente, no había nadie por los alrededores. Necesitaba estar sola durante un rato mientras ordenaba en su cabeza lo que acababa de pasar.

No se oía nada más que el eterno batir del mar y el chillido aislado de alguna gaviota que le producía una profunda sensación de soledad.

No había echado a correr por la ira que había visto en los ojos de Ross, sino por la mirada punzante de deseo incontrolable.

No tenía derecho a mirarla como si la desnudara con los ojos oscuros para su placer íntimo y personal.

Había visto muchas veces esa expresión en sus ojos; esa sensualidad concentrada que mezclaba un deseo abrasador con una expectativa apasionada.

Ella apartaba la mirada y notaba que la piel le ardía y la excitación se apoderaba de ella. Sabía que cuando estuvieran solos ella sollozaría medio desquiciada por él. Eso era lo que siempre había querido de ella.

Nunca había tiempo para las sutilezas o los juegos amorosos. Eso llegaría más tarde. Sólo existía la respiración entrecortada mientras se arrancaban la ropa para permitir que las pieles se encontraran, para satisfacer las exigencias de sus deseos.

Después, una vez saciados, se dormían abrazados y con la mano de él agarrando posesivamente uno de sus pechos.

Se estremeció al recordarlo.

Sin embargo, lo que la había cautivado, lo que la había unido a él para siempre no había sido el mero placer sexual, aunque reconocía que había sido un motivo poderoso.

También recordaba, la risa, la ternura, las bromas, la forma de agarrarse de la mano cuando caminaban por la calle, todas las pequeñas intimidades de la vida cotidiana, todo ello le resultaba más doloroso porque se lo habían arrebatado cruelmente y sin explicaciones.

¿Por qué ella no había sido suficiente para él como él lo había sido para ella?

¿Por qué había estado tan ciega como para no darse cuenta de que él se alejaba de ella?

Por última vez se permitiría hacerse esas preguntas. Hasta entonces les había dado la espalda porque sabía que le resultarían demasiado dolorosas.

Sin embargo, en ese momento estaba sufriendo más de lo que podía soportar y tenía que analizar definitivamente el fracaso de su matrimonio.

Nunca había querido considerarse una víctima, pero sí había tenido la certeza de ser la parte ofendida y que Ross era el único culpable del divorcio.

Sin embargo durante los últimos días había tenido que comprobar que había otras personas que no compartían completamente su opinión. Hasta Christy, quien siempre había sido uno de sus apoyos más inquebrantables.

Tenía que afrontarlo porque ya no le bastaba con repetirse que Ross le había sido infiel por ser hijo de su padre.

¿Cuándo habían empezado a cambiar las cosas entre ellos? ¿Fue cuando se mudaron a la espaciosa casa de Notting Hill que tenía un jardín con una magnolia preciosa?

Ella se había imaginado a sí misma sentada a la sombra del árbol mientras su hijo jugaba a la pelota y luego lo abrazaba entre sonrisas.

–Incluso tiene un sótano que puedes convertir en cuarto oscuro –le dijo a Ross emocionada–. Va a encantarte.

Ross le besó los labios sonrientes.

–Te quiero –le dijo con delicadeza–. Me da igual dónde vivamos.

Thirza fue una de las primeras visitas.

–Yo la llamaría una casa de muñecas –dijo con cierto sarcasmo.

Ella, que también había tenido carta blanca con la decoración y estaba contenta con el resultado, se puso tensa.

–¿No te gusta?

–¿Cómo no va a gustarme? –Thirza miró alrededor–. Es... encantadora, aunque un poco grande –hizo una pausa–. Entonces, ¿cuál será el cuarto de los niños?

Ella se sonrojó.

–Todavía es demasiado pronto para pensar en eso –contestó aunque ya había decidido que sería el cuarto trasero del segundo piso.

–Tienes razón –concedió Thirza–. Hay que conocerse
y todo eso –le sonrió amablemente –. ¿Huelo a café?

Sin embargo, la reacción de Natasha había compen-
sado la tibieza de Thirza.

–Es perfecta. Es un sueño. Eres muy lista. Además se
revalorizará –añadió con un sentido práctico.

Ella se rio.

–No vamos a venderla nunca. Por lo menos hasta que
los hijos hayan crecido y se hayan marchado.

Natasha se volvió como impulsada por un resorte.

–¿Hijos...? –fue casi un alarido–. No estarás embarazada...

–No, que yo sepa –la miró sorprendida–. Pero ¿hay
algún motivo por el que no debería estarlo?

Natasha dudó.

–En absoluto –la abrazó sonriente–. Es que no puedo
imaginarme a Ross cambiando pañales y sin dormir por
las noches, eso es todo.

–Bobadas –replicó ella–. Será un padre maravilloso.

«Cuando se haga a la idea», se dijo para sus adentros.

Lo cual no parecía que fuera a suceder, tuvo que re-
conocerse.

Estaba preocupado con la agencia, descontento por la
calidad del trabajo que le mandaban e irritado por no estar él en primera línea.

–No volverías, ¿verdad? –le preguntó una noche
cuando ya estaban acostados.

–¿Sería tan espantoso? –él jugaba con su pelo, lo en-
redaba en un dedo y luego se lo pasaba por los labios.

–No lo sé –intentó parecer despreocupada–. ¿Cómo
de espantoso es el peligro?

Ross suspiró.

–Jenna, mañana podría salir de casa y que me atrope-
llara un autobús o que estallara una bomba terrorista. Ya
no puedes confiar en estar a salvo .

–Pero tampoco hay por qué correr riesgos innecesa-
rios –ella estaba completamente alerta y el corazón le la-

tía a toda velocidad–. Estás llevando muy bien la agencia, todo el mundo lo dice.

–¿En serio? –el tono era sarcástico–. Yo, en cambio, me siento como si estuviera en unas vacaciones prolongadas, como perdido en un limbo sin exigencias y ya fuera el momento de volver a hacer un trabajo de verdad –suspiró, le levantó la cara y la besó–. Por el momento no vamos a hablar más de eso. Vamos a dormir.

Ross durmió, pero ella no. Se quedó despierta con la mirada clavada en la oscuridad y la cabeza llena de explosiones, edificios que se derrumbaban y gente que gritaba por el miedo y el dolor.

La garganta se le secó de terror. ¿Cómo podía pensar siquiera en volver cuando estaba casado?

Pensó que tendría que darle un buen motivo para que se quedara.

Por la mañana, cuando Ross se había ido a trabajar, ella tiró a la basura las píldoras anticonceptivas que había estado tomando. No se enorgullecía de haberlo hecho, pero una situación desesperada exigía una solución desesperada.

Seis semanas después, una prueba de embarazo le confirmó que la treta había dado resultados.

Se fue antes de la galería y compró algunas cosas para una cena especial.

Cuando Ross volvió, se quedó boquiabierto al ver la mesa puesta para dos.

–¿Celebramos algo? –preguntó–. No me digas que me he olvidado del aniversario mensual.

–No, no es nada de eso –dejó en la mesa una cesta con tostadas calientes para el paté–. Tengo una buena noticia, nada más.

Él se quedó muy quieto un instante y la miró con los ojos entrecerrados como si intentara adivinar algo.

–Te han ascendido; te han subido el sueldo; has descubierto un artista que va a revolucionar el arte...

–Frío, frío –llenó las copas de vino–. Te lo diré cuando hayamos comido.

–No –replicó con un tono repentinamente cortante–. Me lo dirás ahora, Jenna.

Había pasado todo el día ensayando la frase, la frase perfecta que no fuera ni demasiado brusca ni demasiado rebuscada.

–Estoy embarazada –se oyó decir a sí misma.

Lo miró y esperó, esperó a que él estallara de felicidad y se arrojara a sus brazos.

Él inclinó la cabeza hacia atrás y la miró como si fuera una desconocida.

–Eso es imposible –dijo lentamente–. Ya hemos hablado de esto. Estábamos de acuerdo en que tomarías la píldora.

Ella dio un paso hacia él y extendió la mano.

–Pero nada tiene una seguridad del cien por cien. Ya lo sabes –se pasó la punta de la lengua por los labios resecos–. Hace... hace unos días tuve un malestar de estómago, quizá haya tenido algo que ver.

–¿En serio? Qué desconsiderado fui al no darme cuenta. Yo habría dicho que no habías estado mal ni un día desde que nos conocimos.

Ella se rodeó el cuerpo con los brazos. Todo iba espantosamente mal y no sabía cómo corregir la situación ni si podía hacerlo.

–Ross, pensé que te alegrarías.

–Ah, no, Jenna –negó él con delicadeza–. Sabías perfectamente que no y por eso me has hecho esta jugada. Ha sido una jugada muy fea, cariño.

Se puso la chaqueta y fue hacia la puerta.

–¿Adónde vas?

–Fuera –contestó él–. A pensar y seguramente a emborracharme mucho.

–Pero he hecho una cena maravillosa...

–Bueno, al fin y al cabo puedes comer por dos, cariño. ¿No es así?

Un segundo después, oyó la puerta que se cerraba.

Retiró la mesa, tiró todos los preparativos y se fue a llorar a la cama hasta que se quedó dormida.

A la mañana siguiente, se despertó muy temprano y se quedó un rato tumbada preguntándose por qué. Se dio cuenta de dos cosas. Primero, de que la cama de al lado seguía vacía y, segundo, de que estaba a punto de vomitar.

Fue al cuarto de baño y, cuando levantó la cabeza todavía aturdida, vio a Ross, pálido y sin afeitar, pero preocupado.

—¿Dónde... has estado? —la voz le salió como un graznido.

—He dormido en el sofá.

Ross se frotó la cara con una toalla mojada, la tomó en brazos y la llevó delicadamente a la cama.

—¿Quieres un poco de té?

Ella sintió un escalofrío.

—Creo que prefiero un poco de agua con gas.

—Seguramente sea lo mejor —se inclinó y la besó. Lo hizo con ternura, como si le ofreciera la reconciliación y, quizá, la aceptación.

—Bueno, cariño —continuó él—. El sueño ya ha pasado, bienvenida a la realidad.

Aquella realidad concreta la abrumó durante dos meses, recordó Jenna con pesar.

No pudo esperar para decírselo a todo el mundo y fue a Cornualles para contárselo a su familia, que se mostró encantada, pero bastante sorprendida.

—Un hijo... y en el primer año —comentó la tía Grace después de abrazarla—. ¿Podéis permitíroslo?

—Claro. Trabajaré hasta el último minuto y Ross tiene un sueldo muy bueno en la agencia. Además, ya os he hablado de su herencia...

—Ya —dijo la tía Grace—. No me refería al dinero.

Thirza recibió la noticia serenamente y sin sorprenderse.

—¿Qué le ha parecido a Ross? —preguntó—. Supongo que se habrá resignado a lo inevitable.

Ella levantó la barbilla.

—Está encantado.

La verdad era que no sabía cómo había encajado la perspectiva de ser padre. No podía haber sido más amable y protector, pero ella sí sabía que su preocupación era más por ella que por la vida que había engendrado.

Ross también había empezado a insinuar que ella tenía que dejar el trabajo y ella no podía entenderlo.

–Cariño, estoy bien –le tranquilizaba–. Además, si me quedara en casa, me aburriría sola todo el día. Tienes que entenderlo.

–Sí –replicó él lentamente–, pero también creo que tienes que cuidarte más –esbozó una sonrisa forzada–. A veces pareces estar cansada.

Ella lo abrazó con fuerza.

–Pero disfruto con mi trabajo –susurró–. Nunca me he sentido mejor en mi vida. Además, el señor Haville y Natasha me tienen entre algodones.

Era la pura verdad. Había dudado en decírselo inmediatamente a Natasha y no estaba segura de cuál sería su reacción, pero, ante su sorpresa, Natasha estuvo encantada y desde entonces no dejó de abrumarla con atenciones. Hasta que...

Jenna se agarró a la roca. Había llegado al momento increíble y aterrador. Al momento que había intentado evitar desde entonces.

El día había empezado como cualquier otro. Habían estado preparando otra exposición en la galería y en el despacho había una serie de lienzos que esperaban a que los enmarcaran.

Natasha había rechazado rotundamente la ayuda que ella le había ofrecido para bajarlos.

–Ni de broma –afirmó–. No puedes levantar peso y esas escaleras son endiabladas.

–No pesan nada –protestó ella–. Además, no soy de cristal.

Natasha no dijo nada por un instante.

–De acuerdo –acabó concediendo entre dientes–. Lo haremos entre las dos, pero sólo llevarás uno cada vez.

Todo sucedió en el tercer viaje. Esperó en lo alto de la escalera a que llegase Natasha y luego empezó a bajar con mucho cuidado. Sin embargo, se tropezó al llegar al cuarto escalón. Gritó y se agarró al pasamanos, pero ya había caído y su cuerpo rebotó de un escalón a otro hasta llegar al suelo de madera que había al pie de la escalera y a la dolorosa oscuridad que la esperaba allí.

Más tarde se enteró de que la ambulancia había llegado al cabo de unos minutos, pero que ella ya estaba sangrando cuando llegó al hospital y que no se pudo salvar la vida del bebé.

Se encontró en la estrecha cama de una habitación privada con el cuerpo amoratado y el alma hecha trizas.

Dijeron que fue un accidente desafortunado y que nadie tuvo la culpa, pero ella sabía que no era así y se culpó de lo sucedido. Al fin y al cabo, ella había sido la que había querido el embarazo y había hecho lo posible para conseguirlo sin tener en cuenta los deseos de Ross. La habían castigado y le habían enseñado, con una lección amarga, que era peligroso amañar la vida a capricho de uno mismo.

—Son cosas que pasan —le dijo una enfermera intentando ser amable—. Cuando le den el alta, podrá intentarlo otra vez.

—No —replicó ella—. No lo haré.

La mujer le sonrió para consolarla.

—Quizá su marido tenga algo que decir al respecto...

—Sí —afirmó ella con dificultad—. Estoy segura de que lo hará.

Se dio la vuelta para mirar a la pared.

La medicación hizo que pudiera dormir y, cuando despertó, vio a Ross junto a la cama, ojeroso y demacrado.

—Estaba fuera de la oficina y no pudieron encontrarme inmediatamente —le tomó la mano y se la llevó a la mejilla—. Cariño... —se le quebró la voz—. Pudiste haberte matado.

–No –replicó ella–. El bebé murió en mi lugar.

–Amor mío, lo siento mucho.

–¿Por qué? –sacudió la cabeza con los ojos casi en blanco–. Nunca quisiste el bebé. Sabías que te había engañado, ¿no?

–Sí –contestó Ross–, pero eso no me importa. Hacía tiempo que no me importaba. Tienes que creerme.

–¿De verdad? –ella suspiró–. Me parece que ya no tiene mucha importancia.

–Es importante para mí –Ross hizo una pausa–. ¿Recuerdas lo que pasó?

–Me tropecé en la escalera. O me resbalé o lo que fuera... –retiró la mano de la de Ross–. Tiene gracia, ¿verdad? Tú querías que dejara el trabajo, pero yo no podía. Si lo hubiera hecho, en estos momentos el bebé viviría.

–Cariño, no pienses en eso ahora.

–Tienes razón. No tiene sentido. Todo ha terminado –se quedó en silencio un momento–. ¿Se lo dirás a mi familia y a Thirza? Al parecer es muy frecuente con los primeros embarazos –le sonrió cortésmente, casi disculpándose–. Además, también dicen que a veces es mejor así.

–Por Dios. Jenna... Jenna...

Una enfermera irrumpió en la habitación y dijo que la señora Grantham tenía que dormir y que él volviera al día siguiente.

Ross la miró con frialdad.

–Me gustaría quedarme con mi mujer.

–No –intervino ella–. No tiene sentido. Vete, por favor. Estoy... estoy muy cansada.

Por un momento, pareció como si él fuera a insistir, pero suspiró.

–De acuerdo... –el tono era infinitamente cansino–. Si eso es lo que quieres...

Se quedó un par de días en la habitación, que se llenó de flores y mensajes de cariño. También le ofrecieron consuelo, pero ella lo rechazó.

El señor Haville fue a verla y le dijo que había repasado cada centímetro de la escalera y que no había encontrado el motivo de su caída.

Natasha llegó algo más tarde pálida y cansada.

–No puedo creérmelo –repetía incesantemente–. No puedo creérmelo. Te veía inmóvil en el suelo... –se estremeció–. ¿Te acuerdas de lo que pasó?

–No. Llevaba un lienzo, ¿no? ¿Le pasó algo?

Natasha se puso seria.

–Nada, pero eso no debería preocuparte. Tienes que recuperar las fuerzas.

Ella se dio cuenta de que necesitaba todas sus fuerzas cuando llegó el momento de volver a casa. Se sentó en el asiento del pasajero del coche de Ross y fue tensa como la cuerda de un arpa hasta que llegaron. La habitación del hospital había sido un refugio, pero ya había vuelto al gélido mundo exterior.

–Cariño –Ross la miraba preocupado–. ¿Estarás bien? Ha surgido una cosa y tengo que volver a la agencia, pero Christy llegará enseguida para acompañarte.

–Gracias, pero no hacía falta –esbozó una sonrisa–. Estaré bien... de verdad...

No estaba nada bien. La casa era como una concha vacía, estéril, sin alma, donde los pasos resonaban sobre la madera encerada.

En la habitación que habría sido del niño ya no estaba la preciosa cómoda con cajones que había comprado unas semanas antes y las muestras de papel pintado y telas habían desaparecido. Volvía a ser una habitación más.

Tenía que ser obra de Ross y sabía que tenía que estarle agradecida, aunque una ira ciega e irracional empezaba a adueñarse de ella.

El sonido del timbre de la puerta fue un alivio y la presencia cariñosa y confortante de Christy una bendición.

Se sentaron en la cocina a tomar café y su prima hizo que hablara.

–Ross ha desmontado la habitación del niño.

Christy la tomó de las manos.

–Estoy segura de que lo ha hecho pensando en ti –dijo con delicadeza.

–Sí –ella bajó la mirada–, pero el bebé no le importó nunca.

–Jenna... seguro que te equivocas.

–No ha pronunciado una sola palabra de pena –Jenna se mordió el labio con fuerza–. Ni una. Casi ni lo ha mencionado...

–Tampoco puede ser fácil para él.

–¿No? –preguntó ella ásperamente–. ¿Por qué ha vaciado la habitación? Como se dice: ojos que no ven corazón que no siente. Quiere que todo sea normal lo antes posible.

–Quizá esa sea la única forma que sabe de llevar el asunto –Christy le dio una palmada en la mano–. No seas tan dura con él, cariño –se levantó–. ¿Te apetece salir a comprar algo de comida? Os prepararé algo para esta noche.

–¿No vas a quedarte con nosotros?

–Está noche, no. Creo que tendríais que estar solos y hablar de muchas cosas. Además, tengo una cita.

–Ah –ella consiguió sonreír–. ¿Alguien especial?

–Creo que puede llegar a serlo –dijo Christy lentamente–. Se llama Adrian y trabaja en un banco, pero es demasiado pronto para saberlo.

–Claro –dijo ella con cierta tensión–. No hay que precipitarse, no cometas ese error.

Ross parecía cansado y preocupado cuando llegó aquella noche a casa y estaba claro que no era el momento de tener una conversación sincera. En realidad, no dijo casi nada aparte de interesarse por ella, alabar la cena que había preparado Christy y preguntarle si quería ver algo en la televisión.

Ella se acostó primero y Ross lo hizo media hora después. Estaba leyendo en la cama cuando llegó él.

—Ross, el médico me ha dicho que tengo que descansar todo lo posible —dijo ella en cuanto vio que se desabotonaba la camisa.

—Claro. Me he puesto en contacto con una agencia de ayuda doméstica y mandarán a alguien por la mañana.

—No... me refería a eso —tragó saliva—. Tengo que dormir bien y descansar... sin que nada me moleste.

Ross se quedó inmóvil un instante, luego dejó la camisa sobre una butaca y se soltó el cinturón.

—¿Qué quieres decir?

—Quiero decir que te he hecho la cama en la habitación de al lado —esbozó una sonrisa forzada—. Durante unas noches.

—Entiendo —se quedó en silencio. Cuando volvió a hablar, lo hizo con un tono equilibrado pero que denotaba cierta acritud—. Jenna, necesito dormir contigo, abrazarte. Nada más. No pensarás que la lujuria me domina hasta el punto de obligarte a tener relaciones sexuales conmigo. Soy tu marido, no un monstruo.

—No estoy diciendo eso en absoluto —se incorporó y se apartó el pelo con un gesto defensivo—. Sólo quiero poder dormir tranquilamente unos días. ¿Es mucho pedirte?

—Tranquilidad... —dijo él lentamente—. Es un bien muy escaso en estos días y no estoy seguro de que esta sea la forma de conseguirlo, pero si no quieres que me acueste en tu cama, tampoco voy a insistir —hizo una mueca sarcástica—. Será mejor que tampoco te dé un beso de buenas noches no vaya a ser que se despierte la bestia que hay en mí. Que duermas bien, cariño.

Se cerró la puerta y ella se quedó sola, que era exactamente lo que quería, así que no había motivos para sentirse desolada.

Se preguntó si Ross tendría la misma dificultad para dormir. Naturalmente, podía enterarse. Estaba a escasos metros, sólo los separaba un tabique y sintió una tentación casi irresistible de ir donde él y sentir su abrazo acogedor.

Los moretones fueron desapareciendo poco a poco y empezó a curarse tanto física como mentalmente, pero Ross y ella estaban más alejados que nunca tanto de día como de noche y, cuanto más tiempo pasaba, más difícil le resultaba proponerle que volviera al dormitorio que habían compartido.

Se dio cuenta de que estaba esperando que él facilitara las cosas al dar el primer paso, pero no lo hizo y casi se alegró cuando los Penloe la invitaron a ir a Cornualles.

—Ross dice que estás pálida y que no comes como es debido —le dijo la tía Grace por teléfono—. Es una pena que él no pueda venir contigo.

—Bueno... —contestó ella con despreocupación—. Así se alegrará más de verme cuando vuelva.

Sin embargo, cuando pasó la semana de mimos y volvió a Londres, se enteró de que Ross había dejado el trabajo en la oficina y estaba a punto de marcharse a hacer un trabajo en el extranjero, lo que tiraba por tierra las esperanzas de una feliz reconciliación.

—¿No crees que deberías haberlo comentado conmigo antes? —lo miraba con impotencia mientras él hacía la maleta.

Ross se encogió de hombros.

—Es mi profesión, mi vida, Jenna —le dijo tranquilamente—. Además, no nos comentamos casi nada últimamente, pero cuando vuelva lo hablaremos, si quieres.

—No puedo creerme que vayas a hacerme esto. ¿Vas a dejarme sola después de lo que ha pasado...?

—No estás sola. Nunca lo has estado. Tienes a tu familia, a tus amigos, a todo un sistema de apoyo y consuelo. Hasta tienes tu trabajo en la galería donde volverás pronto. Dudo mucho que vayas a notar mi ausencia.

Ella quiso implorar; abrazarlo y rogarle que no se fuera, pero el orgullo se lo impedía.

Él no había querido el bebé, se dijo con una punzada de dolor, y, al parecer, ya tampoco la quería a ella.

Sin embargo, lo echó de menos insufriblemente cada hora de cada día. Cuando Ross volvió, se encontró que sus ropas y pertenencias habían vuelto al dormitorio conyugal en un reconocimiento tácito de que su destierro había terminado.

Sin embargo, tampoco tuvo los resultados que ella había esperado. Cuando hicieron el amor, ella estuvo tensa y ansiosa y él mostró un comedimiento casi gélido.

–Lo siento –dijo él cuando terminaron.

Se dio la vuelta y se durmió. Ella se quedó junto a él con lágrimas de desconcierto y decepción. Se habían confirmado sus peores temores. Se acordó de algunas llamadas anónimas que recibieron al poco de mudarse y de otros misterios.

Había otro motivo poderoso por el que no podía estar tranquila en sus brazos. Si bien el ginecólogo le había dado el alta, ella tenía miedo de quedarse embarazada y disgustar a Ross al concebir otro hijo que no deseaba.

Al final, las veces que hacían el amor eran de una forma rápida y casi rutinaria, como si cumplieran una obligación ineludible.

Hubo un momento en que ella sufría cuando él se marchaba, pero entonces era casi un alivio. Al menos eso era lo que ella se decía. Aunque por dentro llorara al ver que el mundo se desmoronaba a su alrededor y se quedaba perpleja por la velocidad a la que lo hacía.

Ella se dio cuenta de todo por el repentino empeoramiento del conflicto de Oriente Próximo que él había ido a cubrir. Cuando se dio cuenta de que su vida corría un peligro grave, también se dio cuenta de que no estaba preparada para permitir que su matrimonio se le escapara de las manos.

Veía los noticiarios de la televisión casi obsesivamente y todos los días llamaba a la agencia para saber si se habían puesto en contacto con él, pero siempre se llevaba una desilusión. Le decían que no tenía que preocuparse, que Ross volvería perfectamente.

Sin embargo, nada la tranquilizaba. Durante el día, iba de un lado a otro de la casa sin poder concentrarse en nada que no fuera el siguiente noticiario y las lúgubres informaciones de la espiral de violencia. Por la noche, se tumbaba en postura fetal arropada por el jersey favorito de Ross. Por fin, la agencia la llamó para decirle que habían hablado con Ross y que él y otros periodistas y fotógrafos estaban volviendo a casa. Ella se quedó con el teléfono abrazado contra el pecho y con lágrimas de alivio rodándole por las mejillas.

Se puso en movimiento. Llenó la casa de flores, se cercioró de que la nevera estuviera llena de su comida y vino preferidos y puso sábanas limpias antes de salir hacia el aeropuerto para encontrarse con él. Algo que no había hecho nunca. Esa vez no dejaría nada al azar y, cuando fuera a abrazarlo, él sabría que todo había cambiado.

El avión ya había aterrizado cuando llegó y fue de un lado a otro de la terminal de llegadas como un animal enjaulado. Fue uno de los últimos en aparecer y ella levantó la mano para saludarlo, para llamar su atención, pero se quedó paralizada por lo que vio.

Caminaba lentamente y cabizbajo y no estaba solo. Una mujer joven, rubia y delgada iba a su lado con el brazo por sus hombros. Ella los miró atónita e impotente y vio que la chica se paraba, le rodeaba el cuello con el brazo y le daba un interminable beso mientras se estrechaba contra él con una confianza absoluta.

Se disipó definitivamente cualquier esperanza de que la intimidad se debiera a que eran colegas que habían compartido una situación peligrosa.

Se oyó emitir un sonido ronco, casi visceral. Luego se dio la vuelta y echó a correr entre la multitud como una criatura perseguida. Sólo veía la intimidad del abrazo que acababa de presenciar. Sólo oía su respiración entrecortada y su voz que gemía el nombre de su marido.

Capítulo 9

ELLA llevaba dos horas en casa cuando Ross apareció. Dos horas en las que la imaginación se le había desbocado mientras se imaginaba a Ross y a la rubia en la habitación de un hotel.

Oyó el taxi que se paraba en la calle, las llaves al abrir la puerta y el sonido de las bolsas al dejarlas en el vestíbulo. Él no la llamó y ella notó que el miedo y la furia le oprimían el pecho Cuando al cabo de un momento fue a la sala y la vio de pie junto a la chimenea, no hizo nada por acercarse a ella. Se quedó en el quicio de la puerta con el rostro enigmático y en un silencio que parecía retumbar en todo el mundo.

–Fui... a buscarte al aeropuerto –dijo ella por fin.

–Ya –Ross hizo una mueca con la boca–. Me pareció ver que... desaparecías.

Ella volvió la cabeza.

–¿Quién es ella, Ross?

–Se llama Lisa Weston –lo dijo con un tono tranquilo–. Es una periodista australiana que trabaja para el *Sunday Globe*.

–¿Es todo lo que tienes que decirme de ella?

–Creía que ya habrías adivinado el resto.

Ella separó los labios con asombro. Había esperado que lo negara, que se inventara alguna explicación. Se dio cuenta de lo desesperadamente que había confiado en eso.

–¿Has dormido con ella? –le preguntó adustamente.

–No se puede decir que durmiera mucho.

La sequedad de la respuesta fue como si la hubiera abofeteado en la cara y la hubiera tirado al suelo.

Lo miró fijamente buscando en su rostro alguna señal de delicadeza, algún remordimiento, algún arrepentimiento, algo que le sirviera para construir un puente entre ellos, pero la gélida máscara era impenetrable. Implacable.

—¿Cómo has podido...? Dios mío. ¿Cómo has sido capaz...?

—Porque ella me deseaba, Jenna —la voz de Ross le abrasó las entrañas—. Te aseguro que eso fue un cambio que agradecí mucho.

A ella le temblaban las piernas. La mente se negaba a reconocerlo, le decía que ese era el hombre al que ella amaba, el hombre que le había enseñado a desearlo hasta la inconsciencia.

No podía ser el mismo que estaba diciéndole aquellas cosas.

Estaba deshaciéndose por dentro, pero consiguió encontrar algo de voz.

—Entonces, quizá debas hacer que ese cambio sea permanente —dijo fría y claramente.

Él arqueó las cejas.

—Claro, si eso es lo que quieres... —hizo una pausa—. ¿Puedo recoger el resto de mis cosas o prefieres que me vaya inmediatamente?

A ella le sonó a una pregunta educada, como si le hubiera preguntado si quería café. No podía creérselo. Se puso rígida con las uñas clavadas en las palmas de las manos.

—Sí, por favor, vete ahora mismo.

Pensó que no podía soportar que viera todos los patéticos preparativos que había hecho para recibirlo; para indicarle que quería volver a empezar de cero y que había esperado, como una estúpida, como una ingenua, que la reconciliación empezaría en la cama.

Se volvió con la mirada pérdida en la chimenea apagada. Se dio cuenta, sin podérselo creer, que incluso en aquel momento seguía esperando que él dijera su nombre, que cruzara el abismo que los separaba y fuera hacia ella, que la abrazara mientras le pedía perdón, mientras le daba alguna excusa por su traición y le rogaba su perdón, mientras le decía que la presión a la que había estado sometido lo había llevado a un momento de locura...

Que le dijera cualquier cosa, pensó angustiada, a la que agarrarse como un náufrago a una tabla salvadora.

Sin embargo, sólo oyó los pasos de Ross en el vestíbulo y la puerta que se cerraba tras él como otras veces. Aunque aquella vez era para siempre.

Con él se fue la ira que la había mantenido en pie y dio paso a un vacío que se llenó de un dolor asfixiante.

Cayó de rodillas.

—Todo ha terminado. Todo ha terminado —repetía una y otra vez como una letanía.

Lo había hecho. Se había enfrentado a sus recuerdos más angustiosos. Sin embargo, ¿había conseguido exorcizar los demonios que la habían acechado desde entonces? Tenía que afrontar el hecho de que, a pesar de todo lo que hiciera, Ross seguía en su corazón y en su cabeza. Mientras él había encontrado otra mujer y otra vida.

Todavía no sabía cómo había podido sobrevivir a los días que siguieron a la marcha de Ross. La furia la había dado fuerzas mientras empaquetaba las ropas de Ross y otras pertenencias y hacía desaparecer cualquier rastro de él. Antes de cerrar la última bolsa guardó encima, para que fuera lo primero que viera, el pequeño estuche forrado de terciopelo con el anillo de boda. Dejó las bolsas y las cajas en el vestíbulo para que no tuviera excusas para entretenerse.

Sin embargo, él no había necesitado excusas. Fue a recoger las cosas mientras ella estaba trabajando y dejó la llave de la casa en la mesita del vestíbulo como señal de que la separación era absoluta e irreversible.

Aun así, cambió todas las cerraduras por consejo de Natasha.

Durante las semanas siguientes, empezó a saber lo que significaba la soledad. La casa en la que había depositado tantas esperanzas se había convertido en un inmueble más, frío y sin alma.

Pensó que sin Ross su vida había perdido el sentido y habría podido abandonarse para siempre de no ser por Natasha, quien le buscó un abogado matrimonialista y un agente inmobiliario y le dio fuerzas para su nueva vida de soltera.

Había sido una amiga maravillosa, sin duda, pero ella a veces habría preferido que no hubiera sido tan obsesivamente implacable con Ross. Ya se sentía bastante mal como para que le recordara sus pecados todos los días.

Se preguntó por qué lo detestaría tanto y se quedó inmóvil al oír el motor de un coche que le indicó que ya no estaba sola, que tendría que compartir su refugio. Sin embargo, comprendió que ya era hora de marcharse. Se levantó de mala gana de la roca. Era hora de volver a Trevarne House y de suplicar a Christy que le perdonara por haberle fastidiado el ensayo de la boda.

Se volvió para dirigirse a su coche y se quedó estupefacta al darse cuenta de que el vehículo aparcado junto al suyo le resultaba muy conocido.

Era el Alfa Romeo de Thirza.

Además, Adrian y Ross se habían bajado y se acercaban a ella con las caras serias.

Jenna se mantuvo impasible y con la barbilla levantada.

—Hola —los saludó fingiendo aplomo—. ¿Habéis venido a ver las vistas?

—No —respondió Ross con aspereza—, no hay mucho que admirar —alargó la mano—. Si no te importa, dame las llaves de Christy. Adrian le llevará el coche.

Jenna dudó con cautela.

–Yo iré con él.

–No. Tú te quedarás conmigo porque tenemos que hablar.

–¿Y si no quiero?

–No tienes alternativa –el tono era cortante–. Ya hemos perdido bastante tiempo buscándote, así que dame las llaves si no quieres que te las quite.

Jenna se pensó un momento el reto, pero al ver la firmeza de su mirada decidió que era mejor no complicar las cosas.

–Eres muy duro –sacó las llaves a regañadientes y las dejó en la mano extendida de Adrian–. Yo que creía que estabas convaleciente... Al parecer te has recuperado muy bien de tu misteriosa enfermedad...

Ross se encogió de hombros con la mirada todavía implacable.

–Es impresionante el efecto que pueden tener unos días de irritación intensa.

–Bueno, afortunadamente para los dos, ya no va a durar mucho. –se volvió hacia Adrian–. Christy estará muy enfadada conmigo...

–Más bien... –contestó Adrian lentamente–. Está preocupada.

–¿Por que vaya a estropear la ceremonia verdadera al salir corriendo delante de todo el mundo? –Jenna sacudió la cabeza–. No lo haré –intentó esbozar una sonrisa–. Ya sabes lo que dicen, cuanto peor es el ensayo general, mejor sale la función.

–Eso me han dicho –Adrian se dio la vuelta y fue hacia el coche de Christy–. Os veré luego.

–Adrian.. –Jenna dio un paso hacia él–. Llévame contigo.

Sin embargo, Ross la agarró con una mano que parecía de acero.

–¿No me has escuchado? –le preguntó con frialdad–. He dicho que tú irías conmigo.

–Déjame en paz. Maldito seas –forcejeó en vano mientras comprobaba con incredulidad que el coche de Christy se alejaba como si Adrian no hubiera escuchado su súplica–. No voy a ir a ningún lado contigo.

–¿Vas a volver andando a Trevarne? –Ross sacudió la cabeza mientras la soltaba–. No lo creo. Lo cual te deja pocas alternativas, salvo que quieras saltar por el acantilado. Es una idea –añadió burlonamente– ¿Por qué no saltamos juntos? Llamarían a este sitio el Salto de los Enamorados y los turistas vendrían en autobús a verlo.

–No estamos enamorados –se le quebró la voz– y pienso mantenerme firme en el suelo. Además, tú no saltarías. A pesar de los riesgos que has corrido en tu profesión, no eres de los que se suicidan.

–No –admitió Ross con delicadeza–. Tengo un sentido de supervivencia muy fuerte. Aunque durante los últimos dos años ha habido muchos momentos en los que me habría cortado las venas.

Las miradas se encontraron y Jenna se estremeció como si la hubiera acariciado con los ojos.

–Pero ya no –Jenna se recompuso rápidamente y empleó un tono burlón a su vez–. Te queda mucho por vivir.

–Es verdad –esbozó una sonrisa gélida–. Hay que acabar con el pasado y mirar hacia el futuro. Te lo recomiendo.

–¿Has venido aquí para decirme eso?

–No es ni una parte mínima –la agarró del brazo–. Vamos a dar un paseo.

Jenna se soltó.

–Puedo hacerlo sin ayuda. No quiero que me toques.

–¿No? –Ross arqueó las cejas–. Quizá sea algo que debamos comentar también.

–No lo creo –Jenna miró a otro lado al darse cuenta de que, si lo miraba a los ojos, el pulso se le aceleraba–. Di lo que tengas que decir y acabemos con esto –añadió inflexiblemente–. Tendría que volver a Trevarne House. Es posible que Christy me necesite.

–Eres todo corazón –dijo con amabilidad fingida–. ¿Pensabas en Christy cuando diste la espantada hace un rato?

–Naturalmente, me disculparé con ella –Jenna se aferró a su dignidad–. Me... me dio un ataque de pánico. A veces pasa...

–Todo lo que tenías que hacer era seguir a tu prima por el pasillo y quedarte junto a ella. No era para tanto.

Jenna lo miró con seriedad.

–Las circunstancias eran... poco corrientes, por decirlo suavemente.

–Para los dos –reconoció él–. Sin embargo, yo conseguí mantenerme firme.

–Sí, pero tú no tienes mis recuerdos.

–Claro que no –dijo Ross con suavidad–. Tú eres Jenna la víctima, la vulnerable, la delicada flor. ¿No crees que ese papel está agotado, cariño, y que deberías adoptar otro?

–Eres un... canalla –lo dijo con un tono profundo–. Yo no te fui infiel.

–Quizá no en el sentido convencional de la palabra, pero dejaste de ser mi mujer antes de que yo tuviera una amante. Lo sabes perfectamente.

Jenna se paró en seco y se volvió hacia él con los ojos echando chispas.

–¿De qué estás hablando? –levantó la voz–. ¿Tuve yo la culpa de algo?

–No –contestó Ross, que se había quedado inmóvil ante el arrebato de ira–, pero tampoco la tuve yo. Se necesitan dos personas para formar un matrimonio y para romperlo, y tenemos que hablar de eso antes de que sea demasiado tarde.

Jenna recuperó el dominio de sí misma y se encogió de hombros.

–Hace tiempo que es demasiado tarde. Estamos divorciados –tomó aliento–. Ya no importa nada de todo esto.

–¿No? Entonces, si tiene tan poca importancia, ¿por

qué saliste corriendo esta tarde? ¿Por qué has estado evitándome desde que nos vimos?

–¿Yo? No sé de que estás hablando.

–Deja de engañarte y sé sincera. Saliste corriendo porque repentinamente te viste ante una realidad que no podías soportar y eso tiene que terminar si hay alguna esperanza para nosotros.

–¿Nosotros? –preguntó Jenna sin poder respirar–. Ya no existe un «nosotros». Me gustaría volver a Trevarne inmediatamente.

–Ya lo sé –dijo Ross–, pero no vas a hacerlo. Por lo menos hasta que hayamos repasado nuestro matrimonio y hayamos comprendido por qué no funcionó. Y tampoco fue por mi breve aventura con Lisa –añadió ásperamente–. La raíz estaba desde hacía mucho tiempo. Incluso desde antes de que me expulsaras de tu vida por la pérdida del bebé.

–El bebé que no querías –le reprochó.

Ross estaba pálido a pesar del bronceado y tenía los labios muy apretados.

–No vuelvas a repetirme eso, Jenna –las palabras parecían hechas de hielo; de un hielo abrasador–. Reconozco que no recibí muy bien la noticia del embarazo, pero fue porque ya sabía que tendría que volver a marcharme a la primera línea y era una responsabilidad que no quería en aquel momento. Además, tampoco me gustó que lo hicieras a mis espaldas –añadió cortantemente–. De repente, el amor y las risas habían dado paso a la casa y el bebé sin contar conmigo. Tú estabas decidida y yo me encontré con un hecho consumado –se detuvo–. Sin embargo, yo no podía enfadarme durante mucho tiempo y tú deberías haberlo sabido. Te quería demasiado, como quería al bebé que habíamos concebido juntos. Quise mantenerte a salvo y feliz durante los nueve meses del embarazo. Si hubiera podido, hasta habría tenido el bebé en tu lugar –sacudió la cabeza–. Cuando perdiste el bebé, me sentí como si el sol se hubiera ocultado para siempre, pero sabía lo mucho que estabas sufriendo y que tenía que tener la fuerza que te faltaba. Al menos eso fue lo que me dijo todo el mundo. Sin embargo, nunca se te pasó por la imaginación, como a nadie, que yo también estaba pasándolo muy mal y que habría dado cualquier cosa por llorar y que me abrazaras para consolarme –tomo aire con el rostro inexpresivo y distante–. Sin embargo, tú querías que me mantuviera alejado de ti. Ni siquiera podía dormir en tu cama y me mandaste a otra habitación...

–El médico... –Jenna estaba temblando.

–No es verdad – rugió Ross–. Yo también hablé con él, ¿recuerdas? Dijo que necesitabas amor para superar el dolor y la pena. Dio por supuesto que sería mutuo y abundante. También dijo que deberíamos intentarlo otra vez cuando te recuperaras. Pero el muro que levantaste entre nosotros, Jenna, no estaba hecho de ladrillos y cemento. Era una barricada emocional infranqueable para mí. Tú te encerraste en tu mundo y yo tuve que sufrir solo. ¿Tienes una idea de lo difícil, de lo absolutamente imposible, que fue eso?

–Yo... yo no lo sabía... no me di cuenta...

–No preguntaste –le replicó Ross con más suavidad–. Yo empecé a preguntarme si alguna vez me habías tenido cariño. Si alguna vez habías querido un marido, en el sentido completo de la palabra, o sólo querías un padre que diera a tus hijos el techo que habías elegido.

–Eso es... injusto.

–Es posible, pero no puedes pensar con mucha claridad cuando la vida se te desmorona y cuando la chica maravillosa y resplandeciente que amabas se ha convertido en una desconocida distante que sólo te permite tener una relación sexual a regañadientes –suspiró profundamente–. En muchos sentidos, era más fácil lidiar con las bombas y los francotiradores.

Jenna resopló profunda y pesarosamente.

–¿Y Lisa Weston?

–Ella era amable en un momento en el que la amabilidad era como un sueño olvidado y yo estaba casi todo el tiempo solo y asustado, aunque no es una excusa. Estuvimos hablando una noche, en la que tengo que reconocer que había bebido demasiado, y acabamos en la cama. No hubo nada más. Luego sentí remordimientos y desprecio por mí mismo por haberla utilizado.

Jenna tragó saliva.

–¿Quieres decir que sólo pasó una vez?

–Sí. Aunque eso no mejora las cosas. Sigue siendo algo egoísta e imperdonable.

–Ross... –dijo Jenna en voz baja–. No puedo creerme que estés diciéndome la verdad. No te olvides que os vi juntos y que estaba claro que para ella no había terminado.

La boca de Ross se crispó.

–No –dijo lentamente–. Creo que no. Ese fue otro motivo para sentirme culpable y detestarme. Como había sabido siempre, sólo había una mujer a la que amaba y decidí que, cuando volviera a Londres, no descansaría hasta que todo volviera a arreglarse entre nosotros; hasta que te convenciera de que merecía la pena salvar nuestra vida en común. Pero fuiste a buscarme al aeropuerto y supe que me habías visto despedirme de Lisa y que todo se había ido al traste.

Jenna tenía la mirada clavada en el suelo.

–No me pareció una despedida –dijo con voz baja–. Además, volviste con ella cuando me dejaste.

–No. No lo hice. Me fui a un hotel un par de noches y luego fui a vivir con Seb Lithgow hasta que conseguí un piso, pero nunca me plantee ir con Lisa. Que Dios me perdone, pero nunca sentí eso por ella.

–Pero me dijeron... –empezó a decir Jenna.

–Me pregunto quién te lo diría. ¿O puedo adivinar que fue tu mejor amiga y socia?

Jenna se sonrojó.

–Lo hizo con su mejor intención. Me contó un rumor

que había oído porque no quería que me lo dijeran otras personas.

Ross hizo una mueca burlona con la boca.

–Y yo me lo creo... –dijo con tono cansino.

Jenna se mordió el labio.

–Nunca le tuviste mucha simpatía a Natasha.

Él se encogió de hombros.

–Es recíproco.

–Siempre ha estado a mi lado para ayudarme. No sé qué habría sido de mí sin ella.

–Quizá siguieras casada.

Jenna se quedó muda un momento por la impresión.

–¿Qué demonios quieres decir? –preguntó adustamente.

Ross tardó un rato en contestar.

–No creo que le molestara que nos separáramos ni que hiciera nada para intentar una reconciliación.

–Nunca fue una gran admiradora tuya. En eso tienes razón.

–¿Y me equivoco en todo lo demás? –preguntó Ross con suavidad–. ¿Quieres decir eso? –hizo una pausa y la miró fijamente a los ojos–. Por ejemplo, ¿el ataque de pánico? Volvamos a eso un minuto. ¿Qué lo provocó?

–No quiero hablar de eso –hizo como si mirara el reloj–. Tengo que volver. La casa está llena de gente...

–Y tu tía no puede apañarse sin ti, claro –el tono era sarcástico–. No te va a funcionar, Jenna. Me he prometido que no voy dejarte escapar otra vez.

Jenna se clavó los dientes en el labio inferior.

–¿Qué pretendes? –preguntó con aspereza–. ¿La absolución? De acuerdo, te la doy –tragó saliva–. Reconozco que tuve mi parte de culpa. Ahora lo comprendo. He... he repasado todo lo qué pasó entre nosotros y me ha impresionado porque me he dado cuenta de que yo no me gustaba mucho a mí misma; al menos la persona ensimismada y obsesiva que era entonces. Thirza me acusó una vez de jugar a las casas de muñecas y la detesté por

ello, pero creo que tenía razón –se detuvo–. Nadie ha
sido más cariñoso conmigo que el tío Henry y la tía Grace, pero no eran mis verdaderos padres. Yo no los había
conocido y creo que intentaba reproducirlos en nosotros:
el padre, la madre el hijo adorado... –intentó sonreír pero
no lo consiguió–. Pero todo era una fantasía. No tenía
nada que ver con nosotros ni con nuestro matrimonio. He
necesitado todas estas lágrimas y todo este tiempo para
darme cuenta. Luego... yo... estaba demasiado atrapada
en mi propia desgracia como para darme cuenta de lo
que estabas pasando tú. No debería haberte rechazado.
Fue estúpido y... cruel y recibí el castigo que me merecía
–extendió las manos en un gesto de impotencia– Ya está,
ya te lo he dicho. Ahora... podemos volver.

Ross sonreía.

–Ni hablar, cariño.

–¿Qué más puedo decir?

–Que me quieres –dijo él con la voz ronca–; que
siempre lo has hecho y que siempre lo harás; que cada
minuto que hemos pasado separados ha sido una pesadilla para ti y que, cuando me viste en la iglesia, te diste
cuenta de que a pesar de todo todavía nos deseamos con
la misma pasión de siempre; que eso fue lo que te asustó
y que por eso saliste corriendo.

Jenna estaba temblando.

–Ross... no me hagas esto. No nos hagas esto. Ya no
somos los mismos...

–Precisamente por eso –la agarró de los brazos y le
dio la vuelta para que lo mirara–. Nos casamos, cariño,
porque nada podía separarnos, pero eso no era suficiente.
Los dos teníamos cosas que aprender sobre nosotros mismos y sobre el otro y casi nos destrozamos en el intento,
pero tenemos otra oportunidad y no se nos puede escapar. No voy a permitirlo porque te necesito, Jenna. En
cierta forma, ese virus fue una bendición porque me dio
tiempo para meditar en vez de ir de un lado a otro y
usando el trabajo como excusa para borrar el pasado

como estaba haciendo. Hubo un momento en el hospital en el que el tratamiento no daba resultados y no había certeza de que fuera a sobrevivir. Entonces, me di cuenta de que no me importaba y de que la vida sin ti no era vida en absoluto. Me juré que, si me curaba, te recuperaría como fuera. Por eso decidí quedarme, aunque sabía que estaría por aquí para la boda de Christy. Sabía que vendrías y que por fin podría hablar contigo, que sabría si todavía me tenías algún cariño.

–Te tengo cariño –dijo ella a trompicones–. Sencillamente no me había dado cuenta de cuánto. No quería reconocerlo.

–Me rechazaste constantemente. Intenté ponerte celosa, pero tú me apartabas de tu camino. Estaba a punto de darme por vencido. Hasta que te he visto en la iglesia caminando hacia mí y me he acordado de lo hermosa que estabas el día de nuestra boda, mi querida esposa. Te he deseado tanto, que me he vuelto loco. Entonces, como si fuera un destello, he visto que tú también me deseabas. Cuando te has dado la vuelta y has salido corriendo, la verdad es que he sentido esperanza porque era una forma de reconocer que sabías que no todo había terminado entre nosotros y que ni una docena de divorcios podrían cambiar lo que sentimos el uno por el otro. Niégalo si puedes –añadió apasionadamente–. Si lo haces, te juro que me iré y no volveré a molestarte en mi vida.

Las lágrimas que había conseguido contener durante tanto tiempo empezaron a rodar por las mejillas de Jenna.

–Ross... si eso es lo que sientes, ¿por qué dejaste que nos divorciáramos? ¿Por qué no viniste y me pediste que me lo pensara mejor?

–Porque sabía que te había hecho mucho daño y estaba avergonzado. Además –añadió con amargura–, parecía como si desearas librarte de mí, lo cual confirmaba mis temores: que habías dejado de quererme mucho antes de que te fuera infiel –hizo una pausa–. Si te lo hubiera pedido, ¿qué habrías dicho?

–No... no lo sé.

–Quizá necesitáramos un respiro –dijo él tranquilamente–. Un tiempo para reflexionar y ordenar nuestras prioridades; para alcanzar un punto en el que el amor que sentíamos por el otro curara las heridas del pasado.

Jenna estaba inmóvil.

–Pero tú tienes otras prioridades, Ross. Dijiste que tenías pensado volver a casarte. No puedes... expulsarla de tu vida.

–No tengo intención de hacerlo –se metió la mano en el bolsillo de la chaqueta y sacó un pequeño estuche–. ¿Te acuerdas de esto?

Jenna tragó saliva.

–¿Mi anillo? ¿Quieres decir que yo soy la mujer con la que decías que ibas a casarte?

Ross asintió con la cabeza.

–La misma. Dame tu mano, amor mío –ella lo hizo y él le colocó el anillo de oro–. ¿Te casarás conmigo? –le preguntó en voz baja–. ¿Serás por fin mi mujer y la madre de mis hijos? Te juro que nunca volveré a traicionar tu confianza en mí.

–Yo te prometo que nunca volveré a darte la espalda.

Jenna levantó la cabeza para recibir el beso.

Le temblaban las manos mientras recorrían el cuerpo de Jenna y le apartaban el echarpe para introducirse debajo del jersey de lana y encontrar la cálida plenitud de los pechos, para acariciarle los duros pezones y llevarla a un estado de placer casi absoluto. Ella suspiró de deleite sin apartarse de su boca hambrienta por tanto tiempo de ayuno. .

Su cuerpo estaba volviendo a la vida bajo las caricias de Ross y se derretía a medida que el contacto de hacía más íntimo y apremiante. Los largos dedos recorrieron el sendero ya conocido hasta los costados y él la atrajo contra sí con las manos en las caderas hasta que los cuerpos se fundieron y ella comprobó, sin ningún genero de duda, hasta que punto estaba excitado y la deseaba.

Ella se balanceó entre sus brazos con una especie de embriaguez sensual, con la boca abrasada por la de él y con las manos igual de curiosas y ansiosas.

Ella se habría entregado a él en ese preciso instante y lugar. Se habría dejado caer a la hierba y lo habría arrastrado con ella, pero Ross se apartó con un sonido a medio camino entre un gruñido y una risa y se quedó con las manos en los bolsillos mientras recuperaba el aliento.

Ross le recorrió la cara con la mirada y se detuvo en los ojos destellantes por la pasión, en las mejillas arreboladas y en los labios separados.

—Creo que es hora de que volvamos a casa —dijo con la respiración entrecortada.

—Pero, ¿adónde vamos a ir? —la voz de Jenna denotaba cierta angustia—. ¿Qué va a decir todo el mundo si nos ven llegar juntos?

—Si Adrian ha hecho bien su trabajo, ya lo habrán dicho casi todo —la tomó de la mano y tiró de ella hacia el coche—. Además, sólo me importas tú.

Jenna se resistió a avanzar.

—Cariño... quizá debiéramos esperar hasta que estemos en Londres.

—Ni hablar —dijo Ross con firmeza—. Nunca me han gustado las duchas frías y me volvería loco si tuviera que pasar las próximas veinticuatro horas con esta ansia en las entrañas. Ya hemos pasado demasiadas noches separados, amor mío, y eso ha terminado en este momento.

—Sí, Ross.

Ella había esperado que la llevara a Trevarne House, pero se paró delante de la casa de Thirza.

—Por Dios, Ross —Jenna estaba espantada—. No podemos... Para empezar, nunca aprobó que te casaras conmigo. Ya lo sabes. Se pondrá furiosa...

—Ten un poco de fe —Ross la llevó por el sendero—. A lo mejor te llevas una sorpresa. Encontraron a Thirza en la sala sentada junto al fuego y leyendo un libro de bordados antiguos.

Levantó la vista y los miró con las cejas arqueadas.

—Thirza —dijo Ross con tranquilidad—, he traído a mi mujer a casa.

—Espero que esta vez sea para siempre —dijo su madrastra con un tono de austeridad anticuada—. Si por fin habéis decidido dejar de comportaros como unos tontos...

Jenna se rio nerviosamente.

—Creo que sí.

—Me encanta oírlo —Thirza se levantó vigorosamente de la butaca—. En fin, Grace me ha invitado a cenar a Trevarne House. Supongo que tendré que excusaros, ¿no?

Jenna asintió con la cabeza y se sintió ridículamente tímida.

—Sí, por favor.

—Como tu dormitorio estará vacío, creo que pasaré la noche allí —dijo pensativamente Thirza que, al pasar junto a Jenna camino de la puerta, le dio una palmadita en la sonrojada mejilla—. Encontrarás una almohada en el armario de la ropa de cama, querida, pero me atrevería a asegurar que no la necesitarás.

Se detuvo al llegar a la puerta y se volvió para mirarlos.

—Benditos seáis —les dijo.

Capítulo 10

SUBIERON las estrechas escaleras agarrados de la mano y entraron en la habitación larga y baja con una cama amplia al fondo.

Jenna pensó que en muchos sentidos era como la primera noche que pasaban juntos. Se quedó de pie mientras él la desvestía con el rostro absorto.

—Dios mío... —exclamó con voz entrecortada al verla completamente desnuda—. Eres preciosa.

Jenna lo miró a los ojos y vio el anhelo reflejado en ellos. También vio que eso le hacía vulnerable, incluso un poco dubitativo.

Ella le tomó la cabeza y la bajó para besarlo con ardor.

—Entonces, ¡ámame!

Los cuerpos también ardían mientras ascendían y descendían abrazados e incontenibles y dejándose llevar por el deseo mutuo. Ya habría tiempo para la ternura, pero en ese momento sólo había lugar para la respiración entrecortada y los gemidos apasionados; para el roce de las pieles húmedas y el contacto de las bocas ansiosas de besos; para la necesidad apremiante de poseer y ser poseído y superar cualquier límite conocido.

Había una sensación absolutamente física que también llegaba a ser espiritual.

Había una entrega y una posesión que se convirtió en una misma cosa y al final, antes incluso de que ellos se dieran cuenta, hubo una ascensión vertiginosa, un éxtasis casi brutal que los dejó consumidos, casi llorando y abrazados el uno al otro.

–Te quiero –dijo Ross con la voz ronca cuando consiguió hablar–. Dios mío, te quiero.

–Ross... cariño –Jenna estaba sollozando, en parte de felicidad y en parte por la profunda satisfacción sensual que acababa de sentir–. Lo siento. Lamento tanto todo el tiempo que hemos desperdiciado....

–Eh... –Ross le levantó la cara y le secó las lágrimas con delicadeza–. Estamos juntos y eso es lo que importa, ¿no?

–Sí –contestó ella–. Es lo único que importa.

–También creo, cariño, que tenemos que dejar de atormentarnos por el pasado porque ya no podemos cambiar nada.

–Lo sé –Jenna le besó el hombro–. Soy tan feliz que me asusta, porque, en lo más profundo, creo que no me lo merezco.

–No debes decir eso, amor mío. Quizá no nos hayamos tratado muy bien, pero lo haremos mejor en el futuro –la besó lenta y profundamente–. Te dije que no volvería a cometer los mismos errores y lo decía en serio, pero cometeré otros y tú también lo harás; tendremos disputas, nos gritaremos y daremos portazos, pero también recordaremos lo cerca que estuvimos de quedarnos sin el otro y eso será nuestra salvación.

–Siento haberme cortado el pelo –susurró ella–. Ya sé que no te gusta.

–La verdad es que te sienta bien –le apartó de la frente unos mechones mojados–. Lo que no soporté fue el motivo por el que te lo cortaste. Cuando volvía esa mañana, pasé por la peluquería y convencí a la peluquera para que me diera un largo mechón de recuerdo.

–¿Stella te lo dio? –Jenna se apoyó en el codo–. Dios mío, ¿qué habrá pensado?

–Al principio, que me había escapado del algún sitio. Luego se lo expliqué y se derritió –Ross se desperezó lujuriosamente–. Señora Grantham, ¿tiene hambre?

–Me imagino que debería decir que sólo de ti, pero la verdad es que estoy desfalleciendo.

Ross le sonrió y apartó las sábanas.

–Yo también. Vamos a comer algo.

Ross se levantó y se puso una bata de seda roja oscura.

–Vaya... –Jenna lo miró y frunció el ceño–. Me resulta conocida.

–No me extraña. Me la regalaste las primeras navidades que pasamos juntos.

Jenna arrugó la nariz.

–Nuestras únicas navidades juntos, más bien. Me asombra que la conserves

–Conservé todo lo que tuviera la más mínima relación contigo. Creo que el peor momento fue cuando encontré tu anillo de boda en la bolsa. Sin embargo... ya está en su sitio otra vez.

Jenna se apoyó en las almohadas y se puso los brazos en la nuca.

–Y yo... –lo miró con ojos intencionadamente provocadores–, ¿qué voy a ponerme?

Ross se rio.

–¿Tengo que decidirlo yo? Porque lo que llevas encima es bastante favorecedor.

–No lo será si se me pone la carne de gallina, porque en estas casas de campo hace mucho frío por la noche.

–También podría solucionar eso –Ross la miró con aire burlón y sacó una de sus camisas del armario–, pero creo que esto te servirá.

Había dos filetes en la nevera y se los comieron con patatas y ensalada de tomate. Bebieron Rioja.

Luego hicieron café y se lo tomaron en la sala sentados en la alfombra junto al fuego.

Jenna estaba en brazos de Ross mirando las llamas y escuchando *La Mer* de Debussy.

–Sigo teniendo hambre –musitó.

–¿De comida?

–No.

–Ah –suspiró mientras empezaba a desabotonarle la camisa.

Esa vez hicieron el amor sin prisas y Ross atendió todos los deseos de Jenna con una delicadeza exquisita y embriagadora, supeditó sus placeres a los de ella y la llevó una y otra vez al borde del clímax hasta ahogar con un beso el jadeo extasiado y definitivo.

Luego, le tocó a ella satisfacerlo empleando las manos y la boca con un júbilo voluptuoso, como sabía que a él le gustaba, y reviviendo mil recuerdos apasionados y sensuales. Hasta que él se colocó sobre ella y volvió a entrar para llevarlos hasta un universo nuevo que les pertenecía sólo a ellos.

Ross la abrazó.

–¿Te parecería muy poco romántico si te propusiera volver a la cama y dormir un poco? –le preguntó.

–En absoluto –Jenna se acurrucó contra él–. No he dormido una sola noche seguida desde que te vi en Trevarne Head.

Jenna notó que él sonreía.

–Es una pauta que pienso mantener, pero por motivos más gozosos.

–¿De verdad? –Jenna le pasó el dedo por el pecho–. ¿Podrías darme más detalles?

–Estaré encantado –dijo Ross cortésmente–, pero cuando sea el momento adecuado. Mientras tanto, mañana tenemos que ir a una boda y estaría feo que empezáramos a roncar a mitad de la ceremonia. Aparte de fastidiar a Christy, a Betty Fox podría darle un síncope.

–Me temo que lo tendrá en cualquier caso cuando se entere de todo. ¿Eres consciente de que seremos su único tema de conversación durante una buena temporada?

–Bueno, no estaremos cerca para oírlo.

–¿No quieres que volvamos a casarnos en la parroquia?

–Quiero casarme contigo en Londres, con un permiso especial, en cuanto podamos organizarlo, pero vendremos aquí para el bautizo. Y ahora, vamos a la cama.

–Sí, mi amo.

Una vez en la cama, Ross se durmió casi al instante con un brazo sobre ella, pero Jenna se quedó despierta un rato para disfrutar del inmenso placer de tenerlo al lado y escuchar su respiración tranquila y uniforme.

Cuando por fin cerró los ojos, durmió tranquilamente y sin sueños.

Jenna se dio cuenta de que pasaba algo aunque todavía no estaba despierta del todo. Había un ruido que se filtraba en su conciencia.

Hizo un esfuerzo por abrir los párpados y comprobó con disgusto que alguien llamaba a la puerta.

Pensó que Thirza habría decidido no quedarse en Trevarne House. Volvió a ponerse la camisa de Ross y se la abotonó más decorosamente que antes.

Él no se había enterado de nada. Jenna se inclinó y le dio un beso en la cabeza antes de salir descalza de la habitación y bajar las escaleras.

Los golpes en la puerta no habían cesado.

—Un momento, ya voy —dijo Jenna mientras descolgaba la llave del gancho y la metía en la enorme cerradura.

Abrió la puerta y se quedó pasmada ante lo que veían sus ojos.

—Natasha... —sacudió la cabeza por el desconcierto—. ¿Qué haces aquí?

—He venido en coche. Estaba preocupada por ti, por la situación. No me faltaba razón —los ojos de Natasha eran con dos carbones al rojo vivo y la miraron de arriba abajo—. Muy atractiva —usó las palabras como si fueran dardos—. Iba hacia Trevarne cuando me encontré con un hombre que salía de allí... Adrian no sé qué. El novio de Christy, me imagino. Me dijo dónde estabas y por qué —hizo una pausa—. ¿No vas a invitarme a pasar? He tenido un viaje espantoso.

—Natasha... —Jenna se sintió incómoda y cohibida—.

No es mi casa. No puedo invitarte a que te quedes –querría haber sido más acogedora porque Natasha tenía bastante mal aspecto y parecía realmente cansada, pero le resultaba imposible.

–No quiero quedarme –replicó Natasha cortantemente–. Quiero que te montes en el coche y vuelvas conmigo a Londres. En este instante. Antes de que sigas haciendo el ridículo con Ross Grantham –hizo un gesto de desprecio–. Ya veo que ha conseguido que te acuestes con él, pero, al fin y al cabo, su especialidad es ofrecer momentos de una sexualidad inolvidable a las mujeres, ¿no? Un billete de ida al paraíso. Me imagino, que, además, hacerlo con su ex mujer será una novedad, pero no te engañes, Jenna, la novedad se acabará pronto y pasará a la siguiente chica de la lista.

Ya había entrado en el vestíbulo y empujaba la puerta para cerrarla.

–Natasha –le dijo con amabilidad–. No es lo que piensas.

–Te equivocas –Natasha entró en la sala, encendió las luces de la pared y se quitó el abrigo–. Te equivocas. Es exactamente lo que pienso porque vuelves a tener ese aire que detesto, ese aire empalagoso como si fueras una gatita que ha conseguido el plato de leche. Había veces, cuando entrabas furtivamente en casa, que habría jurado que podía olerlo en tu cuerpo –resopló con los ojos cerrados–. Ese aroma a piel limpia mezclado con su colonia.

Jenna empezó a sentir un frío que no tenía nada que ver con su escasa vestimenta ni con la temperatura de la habitación.

Era un frío profundo que le llegaba hasta los huesos y que ella conocía bien. Se llamaba miedo.

–Me imagino que no puedo reprocharte nada –siguió Natasha con un tono de conversación normal–. Llevas algún tiempo de abstinencia y Ross es muy atractivo. ¿Por qué no ibas a concederte un poco de diversión? Sin embargo, es el momento de que vuelvas a la realidad.

Terminaste con Ross. Te divorciaste de él porque era descarada y cruelmente infiel. Como lo ha sido siempre y siempre lo será –se encogió de hombros–. No creo que pueda evitarlo –Jenna hizo un leve sonido y Natasha la miró fijamente–. ¿Por qué te has quedado pálida de repente, cariño? –se rio infantilmente–. ¿Qué te pasa gatita? ¿Se te ha agriado la leche?

Jenna se recompuso y pensó que en cualquier momento se despertaría y se daría cuenta de que todo era una pesadilla.

–No voy a volver a Londres hasta después de la boda, Natasha –dijo con serenidad–. Cuando lo haga, Ross irá conmigo. Vamos a casarnos otra vez.

–Claro –Natasha parecía divertida–. Adrian, el novio, me ha dicho algo de eso, pero es una tontería, lo sabes perfectamente, Jenna. Ross y el matrimonio son sencillamente incompatibles y no puedes volver con él sólo porque sea muy bueno en la cama. Todos los mujeriegos recalcitrantes lo son.

–Gracias por tu inesperado testimonio –dijo Ross cortésmente–, pero, claro, Natasha, siempre eres tan... inesperada.

Ninguna de las dos se había dado cuenta de su aparición. También estaba descalzo, llevaba puesta la bata roja y estaba apoyado en el marco de la puerta. Sonreía, pero los ojos eran de hielo negro.

–¿A qué debemos este... honor?

–Jenna es mi mejor amiga –escupió Natasha –. También es mi socia y he venido a rescatarla.

–Qué heroico de tu parte –dijo Ross con una ironía gélida–. No sabía que necesitara que la rescataran.

–Pues lo necesita –Natasha asentía enérgicamente con la cabeza–. Necesita que la rescaten de una rata del amor como tú.

–Te ha quedado una frase muy impresionante. Si los jueguecitos del arte se acaban alguna vez, podrías encontrar trabajo en algún periódico sensacionalista.

–No te rías de mí –le tembló la voz–. No te atrevas a reírte de mí.

–Puedes estar segura de que esta situación no me parece nada divertida –Ross se irguió y dio un paso dentro de la habitación–. Jenna, cariño, ¿no le has ofrecido un refresco a tu mejor amiga y socia después de haber conducido toda la noche hasta aquí? Que descuidada... con las molestias que se ha tomado. Por ti, además. ¿O la has llamado tú?

–Yo no la he invitado –dijo Jenna inexpresivamente–. No sé por qué está aquí.

Ross arqueó las cejas.

–¿Quieres decir que sencillamente ha aparecido?

–Llamó por teléfono esta tarde justo antes de ensayo. Le dije que estabas aquí y que yo había recordado muchas cosas que creía haber olvidado, pero no le pedí ayuda –dudó y continuó con una voz ligeramente temblorosa–. Ross... me ha dicho... me ha insinuado cosas. Necesito que me digas que no son verdad.

–¿Sólo ha insinuado? Me sorprendes –miró a Natasha con un gesto implacable–. ¿Por qué no destapas la caja de los truenos? ¿O quieres que sea yo quien le diga a Jenna que una vez nos acostamos?

Jenna retrocedió un paso con la mano en la boca.

–No –era un gemido–. No... por favor...

–Por desgracia, sí, pero fue antes de que volviera a verte y no sabía que fuera tu compañera de piso ni que te conocía siquiera.

–¿Por qué... no me dijiste algo?

–Porque no voy por ahí hablando de mis asuntos de cama. Tampoco entiendo el bien que podría habernos hecho. Creía que ella sentiría lo mismo, pero me he equivocado.

–Claro –intervino Natasha ásperamente–. Te has equivocado sobre muchas cosas. ¿Realmente creías que podías ser mi amante y abandonarme cuando apareciera otra?

–Natasha... Nos acostamos una vez.

Natasha se volvió hacia Jenna con un gesto de gozo perverso.

–Yo estuve con él primero, Jenna. ¿Cómo te sientes? Yo estuve antes que tú en aquel apartamento maravilloso a orillas del río. Yo estuve antes que tú en su cama.

–Dios... –susurró Jenna–. Dios mío...

Ross fue hasta ella y la agarró con fuerza de la mano.

–Jenna, escúchame. Conocí a Natasha en una fiesta. Empezamos a hablar y, cuando nos íbamos, le pregunté si quería ir a tomar algo. Fuimos a un bar y luego a mi casa. Hizo todas las cosas adecuadas y dijo todas las palabras adecuadas, pero supe que era un error. Empecé a decir que al día siguiente me esperaba un día horrible y me ofrecí a llamarle un taxi. Me preguntó si podía usar el cuarto de baño y desapareció tanto tiempo, que pensé que se encontraba mal. La encontré tumbada en mi cama sin nada encima. Estaba espectacular y me pareció... grosero decepcionarla. Otro error enorme. Cuando terminamos, llamé a un taxi y desapareció... de mi vida. Eso creía yo, pero estaba equivocado.

–No le hagas caso, Jenna –Natasha sonreía–. Me sedujo. No podía quitarme las manos de encima y quería que me quedara toda la noche.

–Te aseguro Natasha –la voz era gélida–, que eso era lo último que podía querer –se volvió hacia Jenna–. No perdió el tiempo en mi apartamento. Consiguió mi número de teléfono, mi número de móvil e incluso el nombre de la agencia –suspiró con impaciencia–. Empecé a recibir llamadas todos los días. Un par de veces la vi fuera de la agencia cuando salí. Ella dijo que pasaba por allí por casualidad, pero yo empecé a sentirme perseguido, como si me acechara, y ya no me quedaban excusas para no verla.

–Pero volviste a verme –dijo Natasha con aire triunfal, como si nada de lo que hubiera dicho la afectara–. Te pedí que fueras a la presentación privada de la galería y fuiste.

–Sí –reconoció Ross–. Pensaba llevarte a cenar después y explicarte lo más amablemente posible que lo nuestro no funcionaría nunca y pedirte que no volvieras a llamarme –miró a Jenna con más delicadeza–, pero te vi a ti, cariño, y me olvidé de todo; de todo menos de la necesidad de estar contigo y sólo contigo –se detuvo un momento–. Pensaba haber llamado a Natasha para disculparme, pero ella se me adelantó. Yo esperaba que estuviera enfadada, pero no estaba preparado para la ristra de insultos histéricos que me soltó. Se le había metido en la cabeza que habíamos empezado a salir y que la había dejado plantada. De repente paró, como si hubiera apagado un interruptor, y fue todo dulzura y comprensión porque yo era un hombre incapaz de tener cerrada la cremallera de los pantalones. Creo que llegó a perdonarme y a decirme que podíamos empezar de cero. Le dije que no, que estaba enamorado, y ella se quedó en silencio. Cuando volvió a hablar, me dijo que no pensara que todo había terminado entre nosotros y que, si no lo aceptaba, ella se encargaría de que me arrepintiera. Le dije que ya me arrepentía más de lo que se imaginaba y colgó.

–Pero eso no fue el final, ¿verdad? –preguntó Jenna–. La oí una vez en el teléfono de la galería. Debía de estar hablando contigo.

–Seguramente –aventuró Ross–. A no ser que tuviera a un montón como yo por todo Londres –rodeó a Jenna con el brazo y la estrechó contra sí–. Entonces empezaron las llamadas anónimas y todo eso.

–No puedes demostrar nada –dijo Natasha con rencor.

–El olor del pañuelo y de la camisa era el tuyo –contraatacó Ross–. Lo reconocí al instante porque no me gustaba y lo llevabas en la fiesta.

–Perra –susurró Jenna sin apartar la mirada de Natasha, su amiga, su socia, una mujer con el rostro de una desconocida–. Tu perfume de las ocasiones especiales. ¿Cómo es posible que yo no lo reconociera?

–Porque no tenías motivos para relacionarlo –dijo Ross apesadumbrado–, pero yo sí. Además, trabajabas con ella y la invitabas a casa y para ella era muy fácil dejar las pruebas.

–Natasha... –a Jenna se le quebró la voz–. ¿Cómo has podido...?

–Porque lo quería para mí –la voz de la mujer rezumaba amargura–. Podría haberlo hecho feliz si me hubiera dado la oportunidad, pero tenía que aguantarme y ver cómo se marchaba contigo. Juré que os arrepentiríais y lo hice –miró a Jenna con unos ojos torvos y casi con regocijo–. Ni yo esperaba unos resultados tan buenos.

–Entonces, ¿por qué has venido esta noche? –le preguntó Ross sin perder la calma–. ¿Para entrometerte más? ¿Para convencer a Jenna de que yo no merecía la pena, que era un mujeriego que volvería a destrozarle el corazón? ¿O era algo más profundo que todo eso? ¿Viniste corriendo porque ella reconoció que al estar conmigo había revivido toda una serie de recuerdos olvidados?

Natasha hizo un gesto altanero con la cabeza.

–No sé de lo que estás hablando.

–Creo que sí lo sabes –dijo Ross–. Siempre lo he pensado. Siempre he tenido la terrible sospecha de que la caída de Jenna en las escaleras de la galería no fue tan accidental como pareció –la miró con los ojos entrecerrados–. Al fin y al cabo, estabais solas cuando sucedió todo.

–Ross –Jenna intervino preocupada–. Me parece que eso es llevar las cosas demasiado lejos. Natasha no estaba cerca cuando tropecé.

–¿Tropezaste? –Ross la agarró de los hombros y la miró a los ojos–. Una de las pocas veces que pude hablar contigo dijiste que habías resbalado. Es muy distinto. ¿Qué pasó, Jenna?

–¿Quieres que recuerde eso? –le preguntó Natasha con furia–. Fue el peor día de su vida. Jenna, no lo hagas. Sólo servirá para atormentarte.

–Creo que es un poco tarde para que te preocupes de eso –dijo Ross con aspereza–, pero has venido por eso, ¿verdad? Porque estás espantada de que entre todos los recuerdos ella pueda acordarse de cómo se cayó ese día.

Jenna estaba inmóvil.

–No me tropecé. Yo bajaba las escaleras con un cuadro y pisé algo que rodó...

–¿Un lápiz? –preguntó Ross–. ¿Un bolígrafo? ¿Qué fue, Natasha?

Ella lo miró con los ojos echando chispas.

–Estás loco. Yo me ocupé de ella. Yo llamé a la ambulancia cuando vi que estaba sangrando.

–Cuando ya era demasiado tarde, claro –Ross parecía desolado y terriblemente cansado.

Jenna se soltó de él y fue hacia Natasha.

–Por favor, por favor, dime que no lo hiciste. Dime que no pusiste nada en la escalera con la intención de que me cayera.

–El orgullo siempre es previo a la caída –a Natasha le costaba respirar y los pechos le subían y bajaban rápidamente–. Tú estabas tan orgullosa, Jenna, tan contenta de llevar el hijo de ese canalla... Me dijiste que era todo lo que necesitabas para ser completamente feliz. Era todo lo que yo no tendría jamás. Te odié por eso; por conseguir que él te amara; por arrebatármelo; por tener su hijo –sacudió lentamente la cabeza–. No podía consentirlo –sonrió evocadoramente–. No lo había planeado. Vi que te costaba bajar las escaleras y decidí ayudar un poco. Había un tornillo grande y lo dejé en un escalón –se encogió los hombros–. El resto fue cosa de los dioses. Podías haberlo esquivado y estuve a punto de detenerte porque siempre te he apreciado, Jenna. Hasta que Ross se metió en medio. Cuando él hubiera desaparecido, podríamos volver a ser amigas... y lo fuimos –sonreía plácidamente, casi infantilmente–. ¿Verdad?

–Sí –dijo Jenna para romper el silencio abrumador. Estaba temblando–. Lo fuimos. Me ayudaste mucho.

–Tengo que compensarte –dijo Natasha como si fuera algo completamente natural–. Es espantoso perder un hijo –pareció encogerse, envejecer–. Casi tan espantoso como no tenerlo nunca.

–Natasha... –la voz de Jenna estaba llena de dolor–. No digas eso. Encontrarás a alguien... que te quiera... –se quedó en silencio porque sabía que no era verdad.

Necesitaba ayuda y tal vez la hubiera necesitado desde hacía mucho tiempo.

–Pero yo quería a Ross –se limitó a decir Natasha–. Tú ya lo tienes... otra vez.

Sacó la mano del bolsillo con un pequeño cuchillo afilado y avanzó hacia Jenna con el rostro desencajado, casi irreconocible. Ross se adelantó, le retorció el brazo hasta que soltó el cuchillo y la sujetó hasta que dejó de forcejear.

Se hizo un silencio y otro sonido llenó la habitación, era el sonido del llanto, de sollozos desgarradores que parecían los chillidos de un animal pequeño. Natasha se dejó caer en la moqueta y se hizo un ovillo con las manos tapándole la cara y todo el cuerpo tembloroso.

Ross miró a Jenna, que permanecía de pie, pálida y con los ojos abiertos de par en par.

–Cariño, tienes que llamar a una ambulancia y a la policía, ¿crees que podrás? Creo que yo tengo que quedarme para vigilarla.

–¿Tiene que ser a la policía? –preguntó Jenna con la voz alterada.

–Sí –contestó delicadamente Ross–. Todo ha ido demasiado lejos. Es peligrosa, no sólo para nosotros, sino para sí misma.

Cuando llegaron los servicios de urgencia, Natasha estaba sentada en una butaca y relativamente tranquila.

–Sois tan amables... –decía una y otra vez–. Sois tan amables por ayudarme...

Jenna no podía soportar ver cómo se la llevaban y se fue a la cocina. Ross la encontró allí, sentada a la mesa, con las manos cruzadas sobre el regazo y con la mirada perdida en el infinito.

–Iba a hacer café, pero no he podido abrir la cafetera.

–Yo lo haré y nos pondré un poco de brandy. Creo que nos vendrá bien –se ofreció Ross.

–Gracias –Jenna tragó saliva–. Ross... ha sido horrible. Sigo sin poder creerme todas esas cosas.

–Yo tampoco –dijo él en voz baja–. Aunque sospeché desde el principio. Tenía algo extraño, algo que me prevenía. Sé que Seb lo notó también cuando fueron a casa a cenar –se encogió de hombros con un gesto cínico–, pero tenía un cuerpo precioso y yo fui tan tonto que me dejé tentar.

–¿Por qué no me dijiste que la conocías? –le preguntó Jenna con un tono tranquilo–. ¿Por qué no me dijiste que te habías acostado con ella?

Ross apretó los labios.

–Quise hacerlo y debería haberlo hecho en cuanto supe lo íntimas que erais, pero acabábamos de empezar a estar juntos y todo era muy nuevo... muy frágil. Me daba miedo estropear la relación. Luego, nunca encontré el momento adecuado y parecía que sólo era un incidente desagradable. Yo esperaba haberme equivocado y que ella encontrara a otro hombre –sacudió la cabeza–, pero ella tenía otras intenciones.

–¿Qué será de ella?

–No lo sé. Supongo que le pondrán en tratamiento psiquiátrico. En algún momento, tendremos que declarar –hizo una pausa–. ¿Tiene familia?

–No lo sé –contestó Jenna lentamente–. Nunca me habló de ella. Debería haberme dado cuenta de que era algo extraño –suspiró–. He compartido un piso y un trabajo con ella. Me siento culpable...

–No, Jenna –Ross se arrodilló junto a la silla y le tomó las manos con fuerza–. No pienses eso. Estoy seguro de que los problemas de Natasha empezaron hace mucho tiempo, antes de que nos conociera, aunque sospecho que yo he podido ser quien ha provocado la reacción.

–Pobre Natasha.

–¿Puedes decir eso? –Ross frunció el ceño–. Cariño, pudo haberte matado aquel día en la galería y esta noche ha intentado acuchillarte. ¿Sientes lástima por ella?

–Sí –se soltó una mano para apartarse el pelo de la cara–. Porque nosotros lo tenemos todo y ella no tiene nada.

Ross inclinó la cabeza y le besó la rodilla desnuda.

–Es verdad, mi querido y único amor. Lo tenemos todo. Pobre Natasha.

Había sido una boda maravillosa. Todo el mundo coincidió en eso. El tiempo fue perfecto, la novia estuvo radiante y la celebración iba como la seda.

No se pasó por alto que la dama de honor estaba un poco pálida, pero los rumores aseguraban que la noche anterior había habido algo de ajetreo en el pueblo.

–Unos merodeadores –dijo Betty Fox con deleite–. Pero no hubo que lamentar ningún daño –añadió con cierta decepción.

En un momento dado, Ross levantó la copa en la mano.

–Señoras y señores. Como padrino del novio, tengo la obligación de brindar por la salud de la dama de honor, pero en esta ocasión voy a añadir otro brindis. Por favor, levántense para beber por Jenna y por la felicidad de la que fue y será mi esposa.

Jenna se quedó sentada, ruborizada y sonriente, entre los gritos de sorpresa y las sonrisas de complicidad. Christy y Adrian fueron los primeros en levantarse con la copa en la mano. Al otro lado de la mesa pudo ver a Thirza, que asentía con la cabeza, y a la tía Grace, que se enjugaba las lágrimas con un pañuelo de encaje.

Cuando empezó el baile, Ross y ella recibieron un

aplauso cariñoso mientras seguían a los novios a la pista.

–¿Contenta? –le preguntó Ross mientras la estrechaba contra sí.

–Más de lo que nunca llegarás a saber.

Lo miró a los ojos sin temor porque sabía lo que iba a ver: la pasión, la ternura y el anhelo.

La certeza de un amor que duraría el resto de sus vidas.

Acepte 2 de nuestras mejores novelas de amor GRATIS

¡Y reciba un regalo sorpresa!

Oferta especial de tiempo limitado

Rellene el cupón y envíelo a
Harlequin Reader Service®
3010 Walden Ave.
P.O. Box 1867
Buffalo, N.Y. 14240-1867

¡Sí! Por favor, envíenme 2 novelas de amor de Harlequin (1 Bianca® y 1 Deseo®) gratis, más el regalo sorpresa. Luego remítanme 4 novelas nuevas todos los meses, las cuales recibiré mucho antes de que aparezcan en librerías, y factúrenme al bajo precio de $3,24 cada una, más $0,25 por envío e impuesto de ventas, si corresponde*. Este es el precio total, y es un ahorro de casi el 20% sobre el precio de portada. !Una oferta excelente! Entiendo que el hecho de aceptar estos libros y el regalo no me obliga en forma alguna a la compra de libros adicionales. Y también que puedo devolver cualquier envío y cancelar en cualquier momento. Aún si decido no comprar ningún otro libro de Harlequin, los 2 libros gratis y el regalo sorpresa son míos para siempre.

416 LBN DU7N

Nombre y apellido	(Por favor, letra de molde)

Dirección	Apartamento No.

Ciudad	Estado	Zona postal

Esta oferta se limita a un pedido por hogar y no está disponible para los subscriptores actuales de Deseo® y Bianca®.
*Los términos y precios quedan sujetos a cambios sin aviso previo.
Impuestos de ventas aplican en N.Y.

SPN-03   ©2003 Harlequin Enterprises Limited

Bianca®...
la seducción y
fascinación del romance

No te pierdas las emociones que te brindan los títulos de Harlequin® Bianca®.

¡Pídelos ya! Y recibe un descuento especial por la orden de dos o más títulos.

HB#33547	UNA PAREJA DE TRES	$3.50	☐
HB#33549	LA NOVIA DEL SÁBADO	$3.50	☐
HB#33550	MENSAJE DE AMOR	$3.50	☐
HB#33553	MÁS QUE AMANTE	$3.50	☐
HB#33555	EN EL DÍA DE LOS ENAMORADOS	$3.50	☐

(cantidades disponibles limitadas en algunos títulos)

CANTIDAD TOTAL	$	_____
DESCUENTO: 10% PARA 2 Ó MÁS TÍTULOS	$	_____
GASTOS DE CORREOS Y MANIPULACIÓN	$	_____

(1$ por 1 libro, 50 centavos por cada libro adicional)

IMPUESTOS*	$	_____
<u>TOTAL A PAGAR</u>	$	_____

(Cheque o money order—rogamos no enviar dinero en efectivo)

Para hacer el pedido, rellene y envíe este impreso con su nombre, dirección y zip code junto con un cheque o money order por el importe total arriba mencionado, a nombre de Harlequin Bianca, 3010 Walden Avenue, P.O. Box 9077, Buffalo, NY 14269-9047.

Nombre: _____

Dirección: _____ Ciudad: _____

Estado: _____ Zip Code: _____

Nº de cuenta (si fuera necesario):_____

*Los residentes en Nueva York deben añadir los impuestos locales.

Harlequin Bianca®

CBBIA3

B<small>IANCA</small>®

Ella era una cenicienta independiente e irresistible

Lucas Tennent: Un rico y soltero banquero. Le gustaba que su apartamento estuviera limpio y vacío, y quería una vida sin complicaciones.

Emily Warner: Arruinada, desempleada y sin la menor intención de acercarse a un hombre. Lo único que deseaba era un poco de tranquilidad para trabajar en su novela.

Pero un día Lucas volvió a casa enfermo y se encontró con Emily, la chica que limpiaba su casa... utilizando el apartamento como si fuera su estudio. Cuando la furia se apoderaba de él, Lucas no era precisamente un príncipe azul...

VIDAS OPUESTAS

Catherine George